我的第 日語50音

QR碼行動學習版

https://www.booknews.com.tw/mp3/9789864543717.htm

掃描QR碼進入網頁後，按「全書音檔下載請按此」連結，可一次性下載音檔壓縮檔，或點選檔名線上播放。
iOS系統請升級至iOS13後再行下載，下載前請先安裝ZIP解壓縮程式或APP
此為大型檔案，建議使用Wifi連線下載，以免占用流量，並確認連線狀況，以利下載順暢。

目次（もくじ）

ページ

Part 1　基礎發音篇

Part 2 生活日語應用篇

50音
先修班

日・本・語・概・說

學習日文的第一步，就是要先瞭解日文是什麼樣的語言，近十年來日本文化不斷影響著我們生活的各個層面之中，相信大家對於隨處可見的日文應該不陌生吧！但是，對於日本文字，你瞭解的程度有多少呢？

日本文字的構成

日語文字是由四個部分所構成，分別爲「漢字」、「平假名」、「片假名」及「羅馬字」。其特性如下：

<table>
<tr><td>漢　字</td><td>漢字（即中國文字）是在古代由中國傳入的。目前文部省規定的「教育漢字」有1006個，屬於小學生必備的漢字能力。「常用漢字」則有2136個，為一般日常生活所常用。還有人名、地名所使用的漢字。
雖然日文裡也有漢字，但是你可能會發現日文中的漢字和中文裡國字的寫法並不完全相同，甚至有些語詞的意思也不一樣。例如：
<table>
<tr><td colspan="2">字型</td><td colspan="2">字義</td></tr>
<tr><td>中文</td><td>日文</td><td>中文</td><td>日文</td></tr>
<tr><td>冰</td><td>氷</td><td rowspan="2">勉強：有勉為其難不情願的意思。</td><td rowspan="2">勉強：是學習、用功的意思。</td></tr>
<tr><td>學</td><td>学</td></tr>
</table>
</td></tr>
<tr><td>平假名</td><td>平假名是由中國漢字的草書演變而來，外形圓滑流暢，一般用於書寫，目前日本小學也是從平假名開始學起。常用平假名共有46個字母。</td></tr>
<tr><td>片假名</td><td>片假名是借漢字楷書的偏旁或是其中一部份而來的，一般用於書寫外來語（如：ティー／tea；アイス・クリーム／ice cream），或作擬聲語（如：パチパチ／啪啪聲、拍手聲、物體爆裂聲）之用。片假名和平假名一樣共有46個字母。</td></tr>
<tr><td>羅馬字</td><td>日本的看板、車站、地名或廠牌名稱常以羅馬拼音表示，一般正式書寫上比較少用，它可用來幫助發音，如用「TOKYO」表示「とうきょう（東京）」，但不代表羅馬拼音「TOKYO」完全等同於「とうきょう（東京）」的實際日文發音，請特別注意！（例：「とうきょう」的拚法為TOUKYOU）</td></tr>
</table>

假名字源對照表

平假名・ひらがな

あ	安	い	以	う	宇	え	衣	お	於
か	加	き	幾	く	久	け	計	こ	己
さ	左	し	之	す	寸	せ	世	そ	曽
た	太	ち	知	つ	川	て	天	と	止
な	奈	に	仁	ぬ	奴	ね	祢	の	乃
は	波	ひ	比	ふ	不	へ	部	ほ	保
ま	末	み	美	む	武	め	女	も	毛
や	也			ゆ	由	え	衣	よ	与
ら	良	り	利	る	留	れ	礼	ろ	呂
わ	和	ゐ	為			ゑ	恵	を	遠
ん	无								

片假名・カタカナ

ア	阿	イ	伊	ウ	宇	エ	江	オ	於
カ	加	キ	幾	ク	久	ケ	介	コ	己
サ	散	シ	之	ス	須	セ	世	ソ	曽
タ	多	チ	千	ツ	川	テ	天	ト	止
ナ	奈	ニ	二	ヌ	奴	ネ	祢	ノ	乃
ハ	八	ヒ	比	フ	不	ヘ	部	ホ	保
マ	末	ミ	三	ム	牟	メ	女	モ	毛
ヤ	也			ユ	由	エ	慧	ヨ	与
ラ	良	リ	利	ル	流	レ	礼	ロ	呂
ワ	和	ヰ	井			ヱ	恵	ヲ	乎
ン	爾								

日本語的發音

清音 せいおん	請參照第10、11頁的圖表，表中除了撥音「ん」之外的「あ行」至「わ行」等45個音。
濁音 だくおん	在「か」、「さ」、「た」、「は」各行的音加上「゛」而變成「が」、「ざ」、「だ」、「ば」的發音稱爲濁音。
半濁音 はんだくおん	「は」行的各音加上「。」，即稱爲半濁音。分別發成〔pa〕〔pi〕〔pu〕〔pe〕〔po〕的音。

拗音 ようおん	在「き、ぎ、し、じ、ち、に、ひ、び、ぴ、み、り」之後，分別在右下角加上小寫的「ゃ、ゅ、ょ」而成爲一拍的音。 要注意「◯ょ」與「◯よ」的發音不同。**例：「りょう」的發音爲〔ryo u〕，與「りよう」的〔ri yo u〕就很不相同。**
長音 ちょうおん	將某音節延長發音的現象，稱爲長音。用羅馬字書寫時，注意一個母音結束後又緊接另一個母音時屬之。 例：おかあさん（o ka a sa n）、おいしい（o i shi i）
促音 そくおん	原則上，促音出現在單字中的「か、さ、た、ぱ」行音節之前，它可算成一拍，但本身爲停頓不發音，必須附屬於前面的元音一起發音。促音音節用小寫的符號「っ」寫在右下角表示。用羅馬字書寫時，通常以下一音節的輔音來表示。如：きっぷ〔kioppu〕。
撥音 はつおん	撥音又稱爲鼻音，和促音一樣算成一拍，但必須附屬於前面的元音一起發音，鼻音以「ん」標示，但實際發音會因後面的音不同，而有「N」「m」「n」「ŋ」四種不同的發音。

日本語的重音（アクセント）

日語音調屬高低音調，依照東京標準語的重音基礎，依照有無重音核的差別，分爲「平板式」和「起伏式」兩大發音類別，而「起伏式」又分爲頭高型、中高型、尾高型三種。

重音分類		規則	表記法	發音方式
平板式		無高音核，第一個發音略低，其餘發音提高。後面的助詞也要提高。	0	(イ)二拍：はなが（鼻子）0 (ロ)三拍：きりんが（長頸鹿）0 (ハ)四拍：くちびるが（嘴唇）0
	頭高型	高音核在第一音節，第一音節發音最高，其餘降低。	1	(イ)一拍：きは（樹木）1 (ロ)二拍：くもは（雲）1 (ハ)三拍：まくらは（枕頭）1 (ニ)四拍：ふじさんは（富士山）1

起伏式	中高型	高音核在中間音節，第一音節和重音核後面的音節低，中間音節高。中高型音節只出現在三個音節以上的語詞。	2或3或4或以此類推	(イ)三拍：おでこ は（前額）2 (ロ)四拍：てぶくろ は（手套）2 (ハ)五拍：なつやすみ は（暑假）3
	尾高型	重音核在最後一個音節，第一個音節低，其餘音節高。後面的助詞要降低。	2或3或4或以此類推	(イ)二拍：つき は（月亮）2 (ロ)三拍：つつみ は（包裹）3 (ハ)四拍：おとうと は（弟弟）4

重點提醒　日語中的重音規則▶▶

(イ)第一音節與第二節的高低一定不相同

第一個音節高時，第二音節一定是低的；第二音節是高的，第一音節一定是低的。這也就表示，日文中沒有這種○○○或○○○音型的重音喔！

(ロ)一個語詞中不會有兩個不連續的高音節

一個語詞中若有兩個以上的高音節，一定是相連在一起，絕不可能有兩個高音節夾著低音節的型式，像這種音型○○○是不會有的喔！

(ハ)一個語詞不一定只有一種音型

有些語詞可同時擁有好幾種以上的重音，不管你唸哪一種都可以。如：かんづめ（缶詰め：罐頭）一詞就有兩種唸法：4かんづめ、3かんづめ。

本書記號識別方法

(1) **重音**：每個語詞之重音皆標示於語詞前方，請按照上述之重音規則發音。

例 1グラス 2やま 3おんな 4ばんぐみ

(2) **長音**：發長音的母音，羅馬字以母音接續母音，表示該母音延長一拍。

例 どうろ〔do u ro〕▶[do]的[o]延長一拍　どろ〔do ro〕▶[do]的[o]不延長

(3) **促音**：發促音的っ及ッ，表示該音停頓一拍不發音。

例 チケット〔chi ke tto〕　がっこう〔ga kko u〕

平假名五十音圖

平仮名（ひらがな）

01.MP3

一、清音（せいおん）

		あ段	い段	う段	え段	お段
		a	i	u	e	o
あ行	a	あ a	い i	う u	え e	お o
か行	k	か ka	き ki	く ku	け ke	こ ko
さ行	s	さ sa	し shi	す su	せ se	そ so
た行	t	た ta	ち chi	つ tsu	て te	と to
な行	n	な na	に ni	ぬ nu	ね ne	の no
は行	h	は ha	ひ hi	ふ fu	へ he	ほ ho
ま行	m	ま ma	み mi	む mu	め me	も mo
や行	y	や ya		ゆ yu		よ yo
ら行	r	ら ra	り ri	る ru	れ re	ろ ro
わ行	w	わ wa	ゐ wi		ゑ we	を wo

鼻音	n	ん n

片假名五十音圖

片仮名（カタカナ）

一、清音（せいおん）

		ア段	イ段	ウ段	エ段	オ段
		a	i	u	e	o
ア行	a	ア a	イ i	ウ u	エ e	オ o
カ行	k	カ ka	キ ki	ク ku	ケ ke	コ ko
サ行	s	サ sa	シ shi	ス su	セ se	ソ so
タ行	t	タ ta	チ chi	ツ tsu	テ te	ト to
ナ行	n	ナ na	ニ ni	ヌ nu	ネ ne	ノ no
ハ行	h	ハ ha	ヒ hi	フ fu	ヘ he	ホ ho
マ行	m	マ ma	ミ mi	ム mu	メ me	モ mo
ヤ行	y	ヤ ya		ユ yu		ヨ yo
ラ行	r	ラ ra	リ ri	ル ru	レ re	ロ ro
ワ行	w	ワ wa	ヰ wi		ヱ we	ヲ wo

鼻音	n	ン n

二、濁音（だくおん）

あ段	い段	う段	え段	お段
が ga	ぎ gi	ぐ gu	げ ge	ご go
ざ za	じ ji	ず zu	ぜ ze	ぞ zo
だ da	ぢ ji	づ zu	で de	ど do
ば ba	び bi	ぶ bu	べ be	ぼ bo

三、半濁音（はんだくおん）

あ段	い段	う段	え段	お段
ぱ pa	ぴ pi	ぷ pu	ぺ pe	ぽ po

四、拗音（ようおん）（唸讀順序爲唸完左邊列，再唸右邊列）

きゃ kya	きゅ kyu	きょ kyo	ぎゃ gya	ぎゅ gyu	ぎょ gyo
しゃ sha	しゅ shu	しょ sho	じゃ ja	じゅ ju	じょ jo
ちゃ cha	ちゅ chu	ちょ cho			
にゃ nya	にゅ nyu	にょ nyo			
ひゃ hya	ひゅ hyu	ひょ hyo	びゃ bya	びゅ byu	びょ byo
みゃ mya	みゅ myu	みょ myo	ぴゃ pya	ぴゅ pyu	ぴょ pyo
りゃ rya	りゅ ryu	りょ ryo			

二、濁音（だくおん）

ア段	イ段	ウ段	エ段	オ段
ガ ga	ギ gi	グ gu	ゲ ge	ゴ go
ザ za	ジ ji	ズ zu	ゼ ze	ゾ zo
ダ da	ヂ ji	ヅ zu	デ de	ド do
バ ba	ビ bi	ブ bu	ベ be	ボ bo

三、半濁音（はんだくおん）

ア段	イ段	ウ段	エ段	オ段
パ pa	ピ pi	プ pu	ペ pe	ポ po

四、拗音（ようおん）

キャ kya	キュ kyu	キョ kyo	ギャ gya	ギュ gyu	ギョ gyo
シャ sha	シュ shu	ショ sho	ジャ ja	ジュ ju	ジョ jo
チャ cha	チュ chu	チョ cho			
ニャ nya	ニュ nyu	ニョ nyo			
ヒャ hya	ヒュ hyu	ヒョ hyo	ビャ bya	ビュ byu	ビョ byo
ミャ mya	ミュ myu	ミョ myo	ピャ pya	ピュ pyu	ピョ pyo
リャ rya	リュ ryu	リョ ryo			

五、特殊音節

(A) 長音（ちょうおん）

長音是假名的母音保持原來嘴型不變的狀態下，將其拉長為一倍來發音。其規則如下：

	あ段 + あ	い段 + い	う段 + う	え段 + え		お段 + お	
表記法	aa	ii	uu	ee	ei	oo	ou
規則	あ段音（如あ、か、さ、た、な）加上あ	い段音（如い、き、し、ち、に）加上い	う段音（如う、く、す、つ、ぬ）加上う	え段音（如え、け、せ、て、ね）加上え、い		お段音（如お、こ、そ、と、の）加上お、う	
清音變長音	ああ かあ さあ があ ざあ だあ	いい きい しい ぎい じい ぢい	うう くう すう ぐう ずう づう	ええ けえ せえ げえ ぜえ でえ	えい けい せい げい ぜい でい	おお こお そお ごお ぞお どお	おう こう そう ごう ぞう どう
拗音變長音	きゃあ しゃあ		きゅう しゅう			きょう しょう	

(B) 促音（そくおん）

促音乃指發音時，以發聲器官堵住氣流，造成一拍的停頓。通常促音出現在「か行」、「さ行」、「た行」、「ぱ行」假名的前面。標寫時，以小寫的〔っ〕表示。

	あ段 + つ	い段 + つ	う段 + つ	え段 + つ	お段 + つ
清音加促音	あっ かっ さっ がっ ざっ だっ	いっ きっ しっ ぎっ じっ だっ	うっ くっ すっ ぐっ ずっ づっ	えっ けっ せっ げっ ぜっ でっ	おっ こっ そっ ごっ ぞっ どっ
拗音加促音	きゃっ しゃっ		きゅっ しゅっ		きょっ しょっ

(A) 長音（ちょうおん）

片假名的長音符號在書寫時，必須加在母音後方，橫寫寫成〔ー〕，直寫寫成〔｜〕。例：スープ（湯）。

	ア段＋ア	イ段＋イ	ウ段＋ウ	エ段＋エ		オ段＋オ	
表記法	aa	ii	uu	ee	ei	oo	ou
規則	ア段音（ア、カ、サ、タ、ナ）加上あ	イ段音（イ、キ、シ、チ、ニ）加上イ	ウ段音（ウ、ク、ス、ツ、ヌ）加上ウ	エ段音（エ、ケ、セ、テ、ネ）加上エ、イ		オ段音（オ、コ、ソ、ト、ノ）加上オ、ウ	
清音變長音	アー カー サー ガー ザー ダー	イー キー シー ギー ジー ヂー	ウー クー スー グー ズー ヅー	エー ケー セー ゲー ゼー デー	エイ ケイ セイ ゲイ ゼイ デイ	オオ コオ ソオ ゴオ ゾオ ドオ	オウ コウ ソウ ゴウ ゾウ ドウ
拗音變長音	キャー シャー		キュー シュー			キョー ショー	

(B) 促音（そくおん）

片假名的促音經常出現在外來語之中，例如：キャッシュ（cash/現金）。標寫時，以小寫的〔ッ〕表示。

	ア段＋ッ	イ段＋ッ	ウ段＋ッ	エ段＋ッ	オ段＋ッ
清音加促音	アッ カッ サッ ガッ ザッ ダッ	イッ キッ シッ ギッ ジッ ヂッ	ウッ クッ スッ グッ ズッ ヅッ	エッ ケッ セッ ゲッ ゼッ デッ	オッ コッ ソッ ゴッ ゾッ ドッ
拗音加促音	キャッ シャッ		キュッ シュッ		キョッ ショッ

平假名書寫練習

03.MP3

請依照筆順練習

a　あ

字源：安　發音方法：張開嘴巴，舌頭呈放鬆狀態，舌尖位於下齒齦中央。

i　い

字源：以　發音方法：嘴唇略開，唇角向外舒展，舌尖朝下頂住下排牙齒。

u　う

字源：宇　發音方法：嘴微張，後舌面靠近軟顎，唇角向中央縮小。

e　え

字源：衣　發音方法：嘴略張，以大於い的程度，將嘴型壓扁，前舌面向硬顎靠近。

o　お

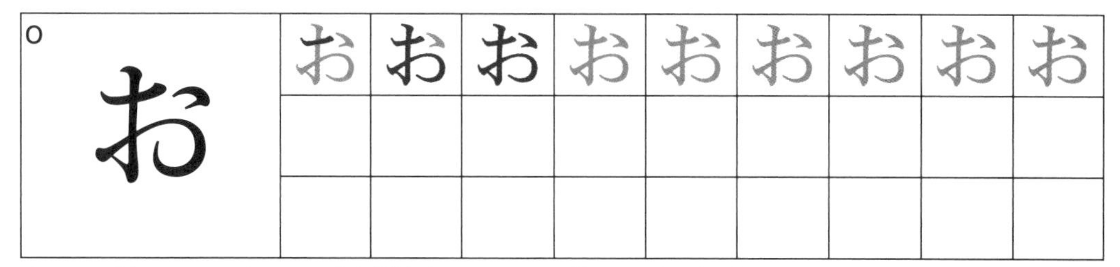

字源：於　發音方法：嘴張開略呈圓形，後舌面抵向軟顎，振動聲帶發音。

片假名書寫練習

請依照筆順練習

字源：阿　發音方法：「あ」和「ア」發音皆類似注音的「Ｙ」。

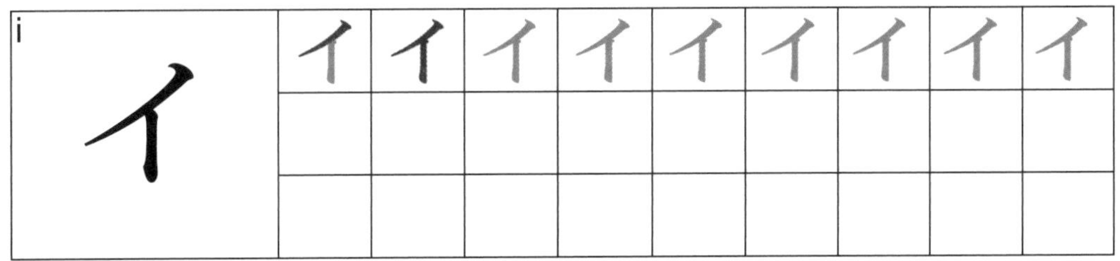

字源：伊　發音方法：「い」和「イ」發音皆類似注音的「一」。

u

ウ

ウウウウウウウウウ

字源：宇　發音方法：「う」和「ウ」發音皆類似注音的「ㄨ」。

e

エ

エエエエエエエエエ

字源：江　發音方法：「え」和「エ」發音皆類似注音的「せ」。

o

オ

オオオオオオオオオ

字源：於　發音方法：「お」和「オ」發音皆類似注音的「ㄛ」。

平假名書寫練習

請依照筆順練習

ka か	か	か	か	か	か	か	か	か	か

字源：加　發音方法：舌頭後段抬高上頂至軟顎，形成阻塞擋住氣流，然後迅速放開，發出破裂音。由子音「k」與母音「a」拼音而成。

ki き	き	き	き	き	き	き	き	き	き

字源：幾　發音方法：由子音「k」與母音「i」拼音而成。

ku く	く	く	く	く	く	く	く	く	く

字源：久　發音方法：由子音「k」與母音「ɯ」拼音而成。

ke け	け	け	け	け	け	け	け	け	け

字源：計　發音方法：由子音「k」與母音「e」拼音而成。

ko こ	こ	こ	こ	こ	こ	こ	こ	こ	こ

字源：己　發音方法：由子音「k」與母音「o」拼音而成。

編註「き」是印刷體，還有一種寫法是中間不連貫的手寫體「き」，兩者皆是正確的。

片假名書寫練習

請依照筆順練習

ka カ	カ	カ	カ	カ	カ	カ	カ	カ	カ

字源：加　發音方法：「か」和「カ」發音皆類似注音的「ㄎㄚ」。

ki キ	キ	キ	キ	キ	キ	キ	キ	キ	キ

字源：幾　發音方法：「き」和「キ」發音皆類似注音的「ㄎㄧ」。

ku ク	ク	ク	ク	ク	ク	ク	ク	ク	ク

字源：久　發音方法：「く」和「ク」發音皆類似注音的「ㄎㄨ」。

ke ケ	ケ	ケ	ケ	ケ	ケ	ケ	ケ	ケ	ケ

字源：介　發音方法：「け」和「ケ」發音皆類似注音的「ㄎㄟ」。

ko コ	コ	コ	コ	コ	コ	コ	コ	コ	コ

字源：己　發音方法：「こ」和「コ」發音皆類似注音的「ㄎㄡ」。

單字練習（あいうえお、アイウエオ）

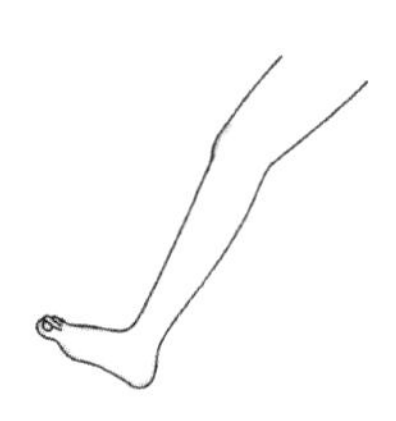

2 あし
a shi
【足】
腳

1 アイス
a i su
【ice】
冰淇淋、冰棒

0 いす
i su
【椅子】
椅子

1 インク
i n ku
【ink】
墨水、油墨

0 うし
u shi
【牛】
牛

2 ウイスキー
u i su ki i
【whisky】
威士忌（酒）

1 え
e
【絵】
畫、圖

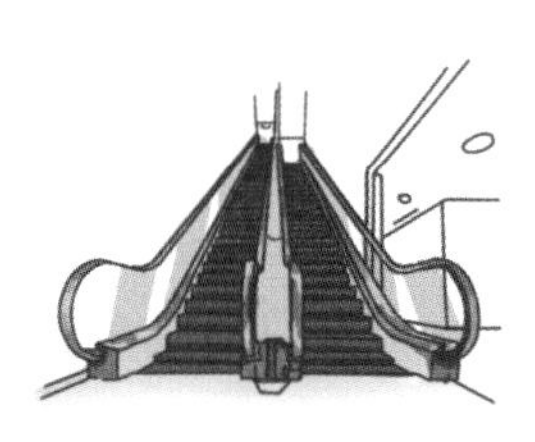

4 エスカレーター
e su ka re e ta a
【escalator】
電扶梯

0 おちゃ
o cha
【お茶】
茶

0 オルガン
o ru ga n
【（葡）orgão】
風琴

單字練習（かきくけこ、カキクケコ）

0 かお
ka o
【顔】
臉、表情

1 カーテン
ka a te n
【curtain】
窗簾、布幕

0 きりん
ki ri n
【麒麟】
長頸鹿

1 キー
ki i
【key】
鑰匙

0 くち
ku chi
【口】
嘴巴

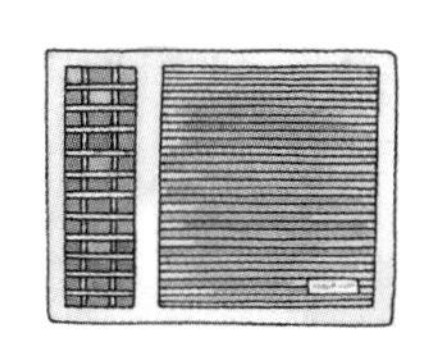

1 クーラー
ku u ra a
【cooler】
冷氣機

1 けしき
ke shi ki
【景色】
風景

1 ケーキ
ke e ki
【cake】
蛋糕

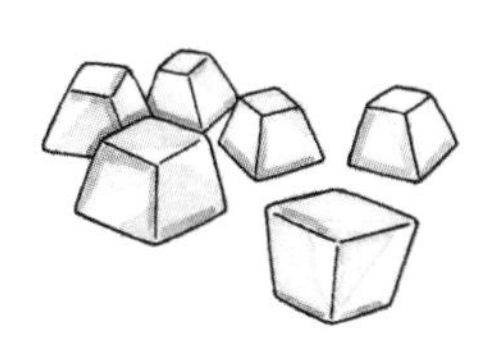

0 こおり
ko o ri
【氷】
冰、冰塊

3 コーヒー
ko o hi i
【coffee】
咖啡

應用練習

一、**改寫練習**：將平假名轉換成片假名，或將片假名轉換成平假名

例 う→__ウ__　ウ→__う__

① え→________　② キ→________

③ く→________　④ イ→________

⑤ い→________　⑥ ア→________

⑦ こ→________　⑧ カ→________

⑨ け→________　⑩ オ→________

二、**克漏字**：請將正確的假名填入空格內

① く____
（嘴巴）

② ____イスキー
（威士忌酒）

③ い_____
（椅子）

④ ________ーテン
（窗簾）

⑤ _____ー
（鑰匙）

⑥ ________りん
（長頸鹿）

⑦ _____し
（牛）

⑧ _____ーラー
（冷氣機）

三、**選擇練習**：請根據中文意思選出正確的單字

______（1）墨水　① インク　② イソク

______（2）電扶梯　① エスカレタ　② エスカレーター

______（3）風琴　① オルガン　② オールガン

______（4）畫　① え　② ち

______（5）冰塊　① こうり　② こおり

四、**重音練習**：請為單字找出正確的重音

07.MP3

______（1）①ケーキ　②ケーキ　______（2）①かお　②かお

______（3）①おちゃ　②おちゃ　______（4）①アイス　②アイス

五、**辨字練習**：請根據羅馬拼音選出正確的單字

______（1）ko o ri（冰塊）　① こおり　② とおり

______（2）ku chi（嘴巴）　① くら　② くち

______（3）u shi（牛）　① うひ　② うし

______（4）a i su（冰淇淋、冰棒）　① アイス　② アイヌ

______（5）o ru ga n（風琴）　① オルガソ　② オルガン

六、**連連看**：請依中文所指出之名詞，選出正確的念法

A.

B.

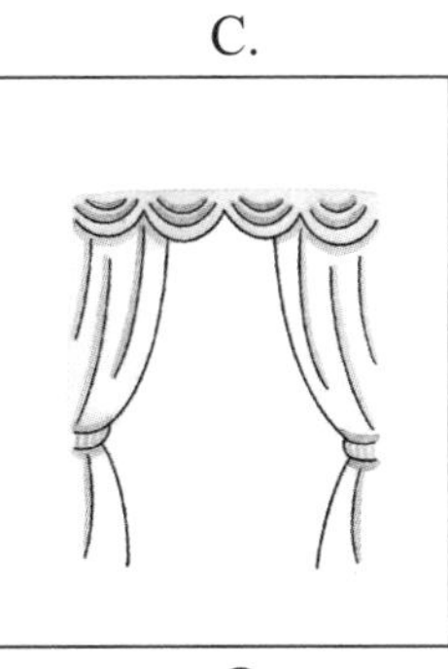

C.

D.

●　●　●　●

●　●　●　●

きりん　コーヒー　けしき　カーテン

☞習題解答

一、①エ②き③ク④い⑤イ⑥あ⑦コ⑧か⑨ケ⑩お

二、①ち②ウ③す④テン⑤キ⑥りん⑦う⑧ク

三、①②①①②

四、①②①①

五、①②②①②

六、A.けしき B.コーヒー C.カーテン D.きりん

平假名書寫練習

08.MP3

請依照筆順練習

sa さ	さ	さ	さ	さ	さ	さ	さ	さ	さ

字源：左　發音方法：由子音「s」與母音「a」拼音而成。

shi し	し	し	し	し	し	し	し	し	し

字源：之　發音：由子音「s」再添上一個「h」，拉長後再與母音「i」拼音而成。

su す	す	す	す	す	す	す	す	す	す

字源：寸　發音方法：由子音「s」與母音「u」拼音而成。

se せ	せ	せ	せ	せ	せ	せ	せ	せ	せ

字源：世　發音方法：由子音「s」與母音「e」拼音而成。

so そ	そ	そ	そ	そ	そ	そ	そ	そ	そ

字源：曽　發音方法：由子音「s」與母音「o」拼音而成。

NOTE:

さ的發音方法：舌尖靠近上齒齦，上下牙齒合併，形成狹窄之空隙，氣流從此處流出發出〔ㄙ〕音，嘴巴張開成〔a〕摩擦發音。
し的發音方法：前舌面靠近上齒齦，上下牙齒合併，形成狹窄之空隙，嘴角略向兩側拉開，摩擦發出類似注音的〔ㄒ〕音。

片假名書寫練習

請依照筆順練習

sa サ	サ	サ	サ	サ	サ	サ	サ	サ	サ

字源：散　發音方法：「さ」和「サ」發音皆類似注音的「ㄙㄚ」。

shi シ	シ	シ	シ	シ	シ	シ	シ	シ	シ

字源：之　發音方法：「し」和「シ」發音皆類似注音的「ㄒ」。

su ス	ス	ス	ス	ス	ス	ス	ス	ス	ス

字源：須　發音方法：「す」和「ス」發音皆類似注音的「ㄙㄨ」。

se セ	セ	セ	セ	セ	セ	セ	セ	セ	セ

字源：世　發音方法：「せ」和「セ」發音皆類似注音的「ㄙせ」。

so ソ	ソ	ソ	ソ	ソ	ソ	ソ	ソ	ソ	ソ

字源：曾　發音方法：「そ」和「ソ」發音皆類似注音的「ㄙㄡ」。

編註「さ」還有一種寫法是中間不連貫的「さ」，兩者皆是正確的。
「そ」還有一種寫法是頂端向兩側分出的「そ」，兩者皆是正確的。

平假名書寫練習

09.MP3

請依照筆順練習

ta た	た	た	た	た	た	た	た	た	た

字源：太 發音方法：由子音「t」與母音「a」拚音而成。

chi ち	ち	ち	ち	ち	ち	ち	ち	ち	ち

字源：知 發音方法：發出「c」再添「h」的音「ch」，發音順勢黏著後與母音「i」拚音而成。

tsu つ	つ	つ	つ	つ	つ	つ	つ	つ	つ

字源：川 發音方法：由子音「t」添上「s」的音後，發音順勢黏著後與母音「u」拚音而成。

te て	て	て	て	て	て	て	て	て	て

字源：天 發音方法：由子音「t」與母音「e」拚音而成。

to と	と	と	と	と	と	と	と	と	と

字源：止 發音方法：由子音「t」與母音「o」拚音而成。

NOTE:

「たてと」：屬於齒齦音，將舌尖頂在上齒背與齒齦交界處，形成阻塞，然後舌頭迅速放開，發出t音。「たてと」發音近似〔ta〕〔te〕〔to〕。

「ち」：屬於硬顎齒齦音，舌面往上齒齦與硬顎交界處頂住，嘴角向兩側拉開，讓氣流從空隙擠出，發出類似注音的〔ㄑ〕音。

「つ」：屬於齒齦音，舌尖抵住上齒背與上牙齦交界處，嘴角向中央緊縮，讓氣流從空隙擠出，發出類似注音的〔ㄘ〕音。

片假名書寫練習

請依照筆順練習

ta

タ

字源：多　發音方法：「た」和「タ」發音皆類似注音「ㄊㄚ」。

字源：千　發音方法：「ち」和「チ」發音皆類似注音的「ㄑ」。

字源：川　發音方法：「つ」和「ツ」發音皆類似注音的「ㄘ」。

te

テ

字源：天　發音方法：「て」和「テ」發音皆類似英語的「te」。

to

ト

字源：止　發音方法：「と」和「ト」發音皆類似注音的「ㄊㄡ」。

單字練習（さしすせそ、サシスセソ）

10.MP3

0 さくら
sa ku ra
【桜】
櫻花

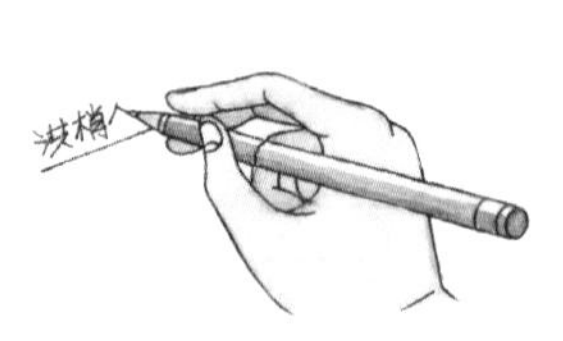

1 サイン
sa i n
【sign】
署名、簽字

2 した
shi ta
【舌】
舌頭

1 シングルルーム
shi n gu ru ru u mu
【single room】
單人房

2 おすし
o su shi
【お寿司】
壽司

1 スープ
su u pu
【soup】
（西餐的）湯

2 せまい
se ma i
【狭い】
窄的

1 セーター
se e ta a
【sweater】
毛衣

1 そら
so ra
【空】
天空

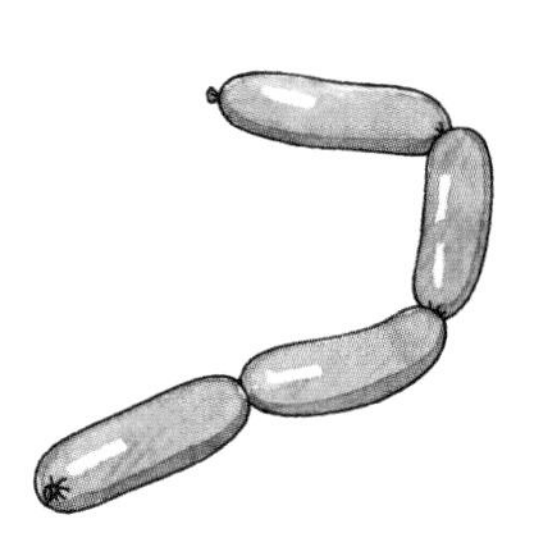

3 ソーセージ
so o se e ji
【sausage】
臘腸、香腸

單字練習（たちつてと、タチツテト）

1 たい
ta i
【鯛】
鯛魚

1 タイプ
ta i pu
【type】
類型

2 ちち
chi chi
【父】
父親

2 チケット
chi ke tto
【ticket】
票券、車票

0 つめ
tsu me
【爪】
爪；指甲

1 ツインルーム
tsu i n ru u mu
【twin room】
（兩個單人床的）雙人房

1 てんき
te n ki
【天気】
天氣

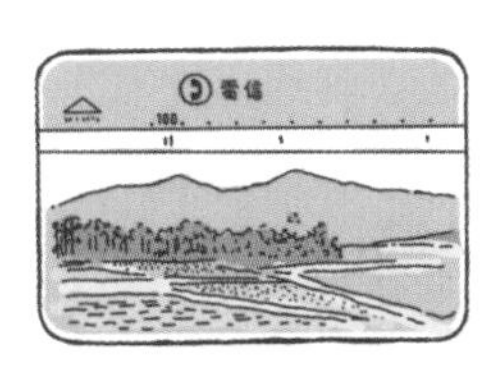

5 テレホンカード
te re ho n ka a do
【telephone card】
電話卡

0 とおい
to o i
【遠い】
遠的

1 トイレ
to i re
【toilet】
化妝室、廁所

應用練習

一、改寫練習：將平假名轉換成片假名，或將片假名轉換成平假名

例 さ→ サ　サ→ さ

① ち→______　② テ→______

③ せ→______　④ シ→______

⑤ と→______　⑥ ト→______

⑦ た→______　⑧ ツ→______

⑨ す→______　⑩ ソ→______

二、克漏字：請將正確的假名填入空格內

① ____ープ
（西餐的湯）

② ____イレ
（廁所、化妝室）

③ ____くら
（櫻花）

④ ____んき
（天氣）

⑤ ____レホンカード
（電話卡）

⑥ ________
（父親）

⑦ ____ら
（天空）

⑧ ____ーター
（毛衣）

三、選擇練習：請根據中文意思選出正確的單字

______（1）香腸　① ソセージ　②ソーセージ

______（2）類型　① タイプ　②タイフ

______（3）很遠的　① とおい　②こおい

______（4）票券　① チケット　②チケツト

______（5）窄的　① せもい　②せまい

四、重音練習：請爲單字找出正確的重音

12.MP3

______（1）①シングル　②シングル　______（2）①つめ　②つめ

______（3）①たい　②たい　______（4）①サイン　②サイン

五、**辨字練習**：請根據羅馬拼音選出正確的單字

______（1）o su shi（壽司）　①おすじ　②おすし

______（2）shi ta（舌頭）　①した　②しな

______（3）te n ki（天氣）　①てんき　②てんま

______（4）tsu i n（一雙、一對）　①ツイン　②ツイソ

______（5）to i re（廁所、化妝室）　①ネイレ　②トイレ

六、**連連看**：請依中文所指出之名詞，選出正確的念法

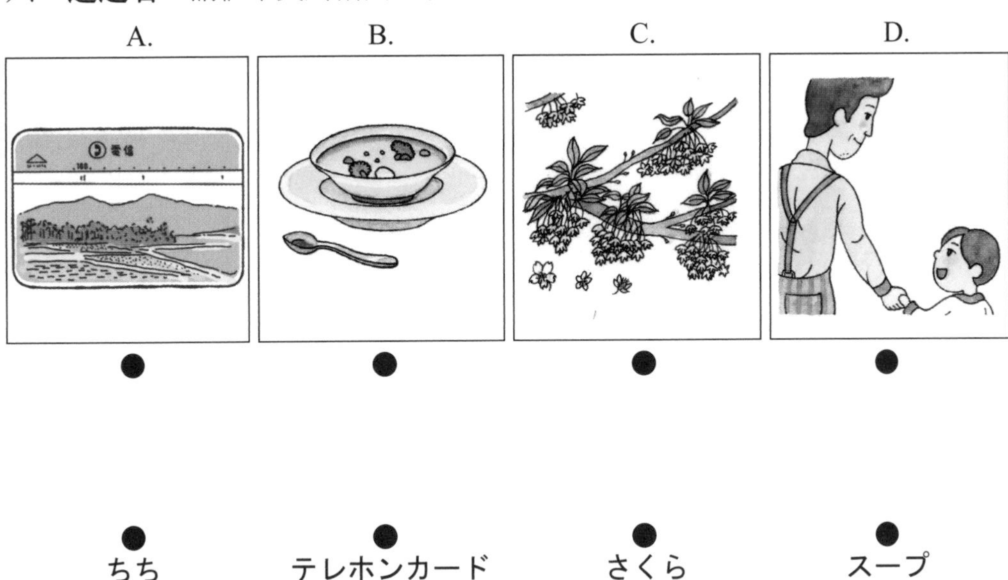

☞習題解答

一、①チ②て③セ④し⑤ト⑥と⑦タ⑧つ⑨ス⑩そ

二、①ス②ト③さ④て⑤テ⑥ちち⑦そ⑧セ

三、②①①①②

四、②①①②

五、②①①①②

六、A. テレホン　B. スープ　C. さくら　D. ちち

平假名書寫練習

請依照筆順練習

na な	な	な	な	な	な	な	な	な	な

字源：奈　發音方法：由子音「n」與母音「a」拚音而成。

ni に	に	に	に	に	に	に	に	に	に

字源：仁　發音方法：由子音「n」與母音「i」拚音而成。

nu ぬ	ぬ	ぬ	ぬ	ぬ	ぬ	ぬ	ぬ	ぬ	ぬ

字源：奴　發音方法：由子音「n」與母音「u」拚音而成。

ne ね	ね	ね	ね	ね	ね	ね	ね	ね	ね

字源：祢　發音方法：由子音「n」與母音「e」拚音而成。

no の	の	の	の	の	の	の	の	の	の

字源：乃　發音方法：由子音「n」與母音「o」拚音而成。

NOTE:

「なにぬねの」：屬於齒齦音，將舌尖頂在上齒背與上齒齦交界處，形成阻塞，然後將氣流從鼻腔送出，發出n音。「なにぬねの」發音近似注音的〔ㄋㄚ〕、〔ㄋㄧ〕、〔ㄋㄨ〕、〔ㄋㄝ〕、〔ㄋㄡ〕。

片假名書寫練習

請依照筆順練習

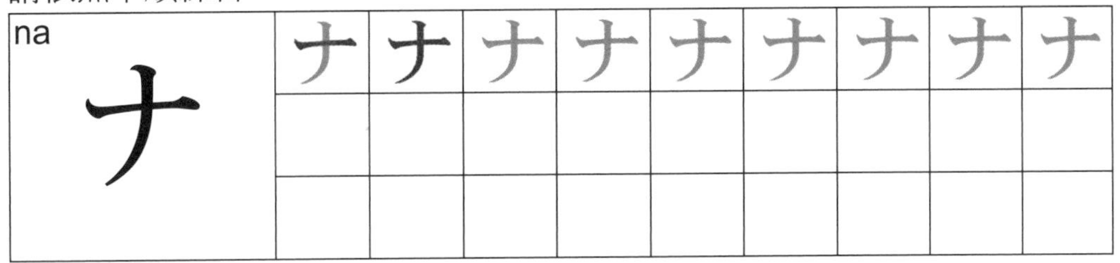

字源：奈 發音方法：「な」和「ナ」發音皆類似注音的「ㄋㄚ」。

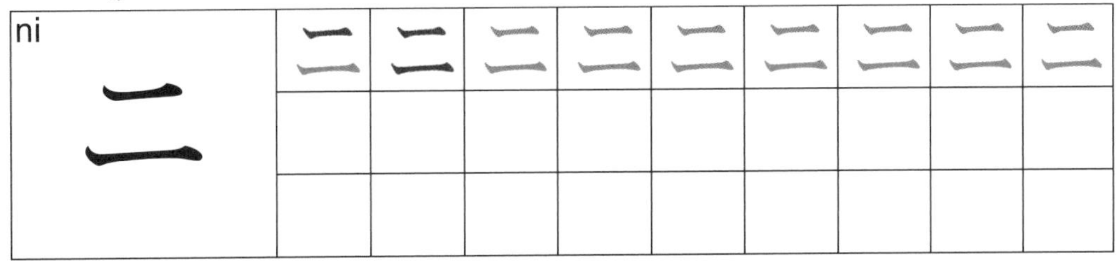

字源：仁 發音方法：「に」和「ニ」發音皆類似國語的「你」。

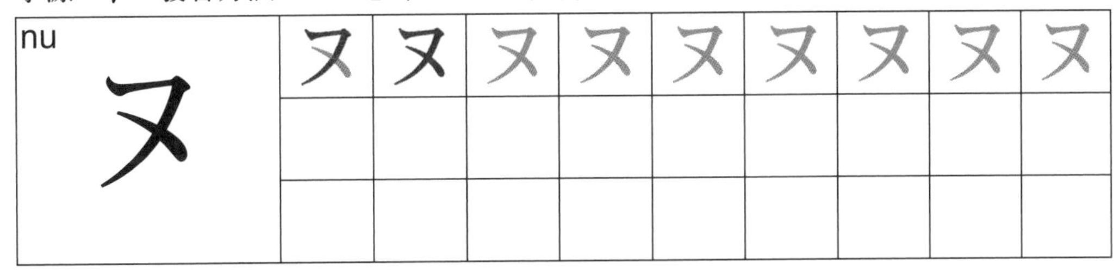

字源：奴 發音方法：「ぬ」和「ヌ」發音皆類似國語的「奴」。

ne

ネ

ネ ネ ネ ネ ネ ネ ネ ネ ネ

字源：祢 發音方法：「ね」和「ネ」發音皆類似注音的「ㄋㄟ」。

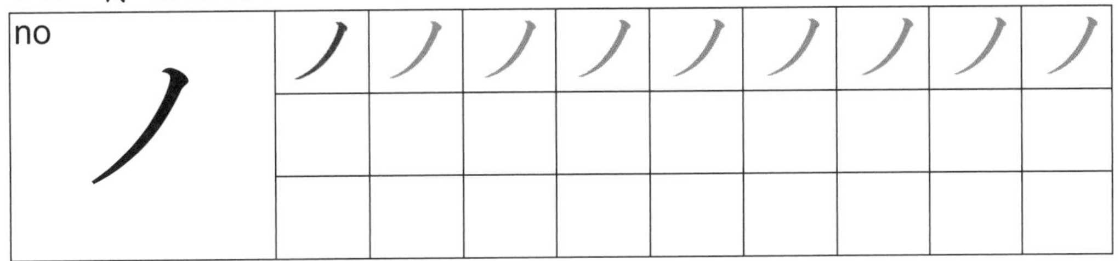

字源：乃 發音方法：「の」和「ノ」發音皆類似注音的「ㄋㄡ」。

平假名書寫練習

14.MP3

請依照筆順練習

ha
は

字源：波　發音方法：由子音「h」與母音「a」拚音而成。

hi
ひ

字源：比　發音方法：由子音「h」與母音「i」拚音而成。

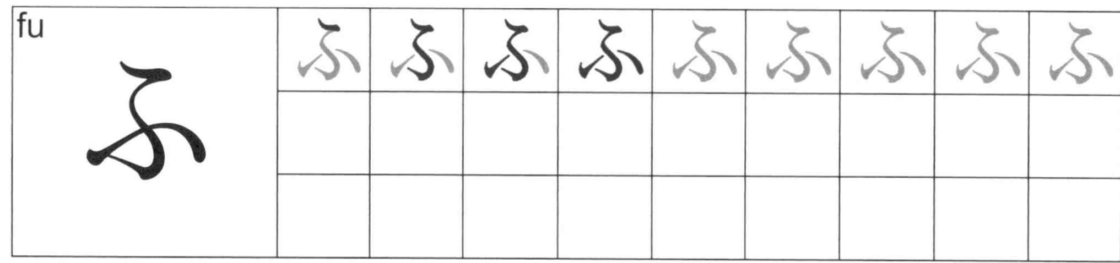

fu
ふ

字源：不　發音方法：由子音「f」與母音「u」拚音而成。

he
へ

字源：部　發音方法：由子音「h」與母音「e」拚音而成。

ho
ほ

字源：保　發音方法：由子音「h」與母音「o」拚音而成。

NOTE:

「は、ひ、ふ」的發音方法：發出類似注音的〔ㄏ〕音，嘴巴張開成〔ㄚ〕〔ㄧ〕〔ㄨ〕的嘴型，讓氣流從嘴唇流出，呼氣發音。

片假名書寫練習

請依照筆順練習

ha
ハ

ハ ハ ハ ハ ハ ハ ハ ハ ハ

字源：八　發音方法：「は」和「ハ」發音皆類似國語的「哈」。

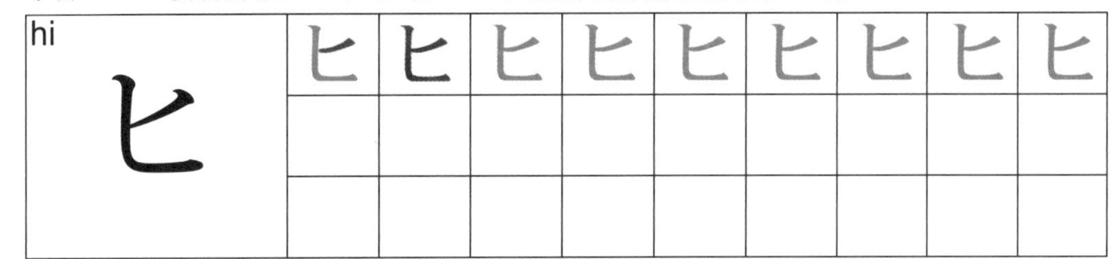

字源：比　發音方法：「ひ」和「ヒ」發音皆類似英語的「he」。

字源：不　發音方法：「ふ」和「フ」發音皆類似國語的「夫」。

he
ヘ

ヘ ヘ ヘ ヘ ヘ ヘ ヘ ヘ ヘ

字源：部　發音方法：「へ」和「ヘ」發音皆類似國語的「黑」。

ho
ホ

ホ ホ ホ ホ ホ ホ ホ ホ ホ

字源：保　發音方法：「ほ」和「ホ」發音皆類似注音的「ㄏㄡ」。

單字練習（なにぬねの、ナニヌネノ）

2 なつ
na tsu
【夏】
夏天

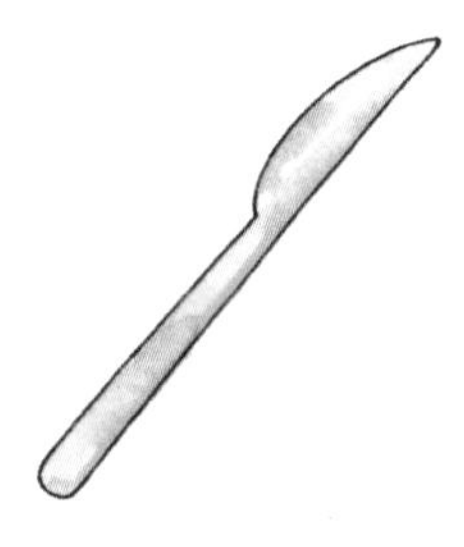

1 ナイフ
na i fu
【knife】
餐刀、小刀

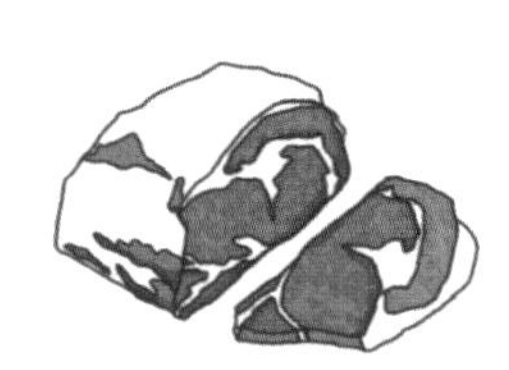

2 にく
ni ku
【肉】
肉

4 ミニスカート
mi ni su ka a to
【Mini skirt】
迷你裙

0 ぬの
nu no
【布】
布、棉布

1 ヌードル
nu u do ru
【noodle】
麵條

1 ねこ
ne ko
【猫】
貓

0 ネイル
ne i ru
【nail】
假指甲片

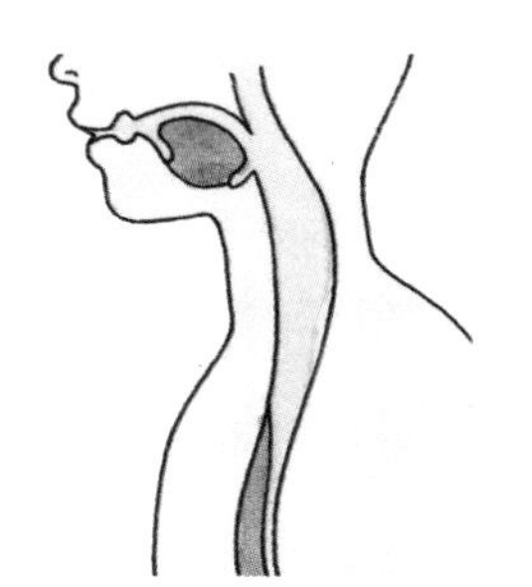

1 のど
no do
【喉】
喉嚨

1 ノート
no o to
【note】
筆記、記錄

單字練習（はひふへほ、ハヒフヘホ）

16.MP3

1 は
ha
【歯】
牙齒

0 ハーモニカ
ha a mo ni ka
【harmonica】
口琴

0 ひ
hi
【日】
太陽、陽光

2 ヒロイン
hi ro i n
【heroine】
女主角

2 ふゆ
fu yu
【冬】
冬天

0 フライパン
fu ra i pa n
【fry pan】
平底鍋

0 へそ
he so
【臍】
肚臍

3 ヘアピン
he a pi n
【hair pin】
髮夾

0 ほし
ho shi
【星】
星星

1 ホテル
ho te ru
【hotel】
飯店、旅館

應用練習

一、改寫練習：將平假名轉換成片假名，或將片假名轉換成平假名

例 な→ ナ　ナ→ な

① ほ→______　② ニ→______

③ ね→______　④ ヘ→______

⑤ の→______　⑥ ホ→______

⑦ ふ→______　⑧ ヌ→______

⑨ は→______　⑩ ノ→______

二、克漏字：請將正確的假名填入空格內

① ____そ（肚臍）

② ____ライパン（平底鍋）

③ ____く（肉）

④ ____ーモニカ（口琴）

⑤ ____ール（指甲）

⑥ ____ゆ（冬天）

⑦ ____こ（貓咪）

⑧ ミ____スカート（迷你裙）

三、選擇練習：請根據中文意思選出正確的單字

______（1）餐刀　① ナイト　② ナイフ

______（2）太陽　① ひ　② し

______（3）女主角　① ヒローン　② ヒロイン

______（4）髮夾　① ヘアピン　② ヘアビン

______（5）布　① ねの　② ぬの

四、重音練習：請為單字找出正確的重音

17.MP3

______（1）①ノート ②ノート　______（2）①ほし ②ほし

______（3）①なつ ②なつ　______（4）①ヌードル ②ヌードル

五、**辨字練習**：請根據羅馬拼音選出正確的單字

		①	②
______	（1）no do（喉嚨）	①のど	②のご
______	（2）hu yu（冬天）	①るゆ	②ふゆ
______	（3）ni ku（肉）	①にく	②ねく
______	（4）ha a mo ni ka（口琴）	①ハーモニカ	②ハモニカ
______	（5）ho te ru（旅館）	①ホニル	②ホテル

六、**連連看**：請依中文所指出之名詞，選出正確的念法

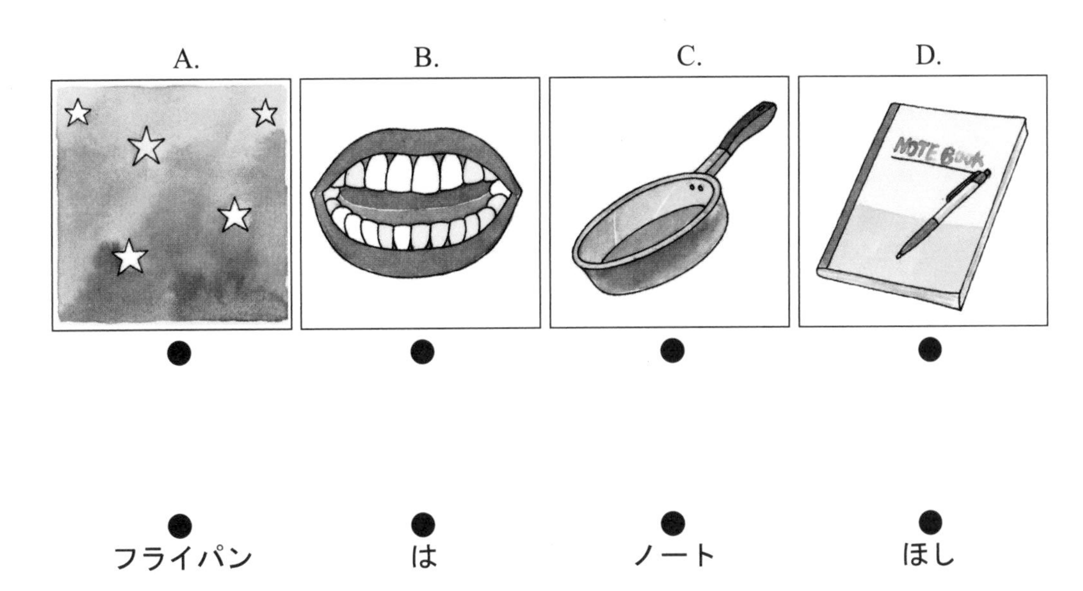

☞習題解答

一、①ホ②に③ネ④ヘ⑤ノ⑥ほ⑦フ⑧ぬ⑨ハ⑩の

二、①ヘ②フ③に④ハ⑤ネ⑥ふ⑦ね⑧ニ

三、②①②①②

四、①①①②

五、①②①①②

六、A.ほし B.は C.フライパン D.ノート

平假名書寫練習

請依照筆順練習

ma ま	ま	ま	ま	ま	ま	ま	ま	ま	ま

字源：末　發音方法：由子音「m」與母音「a」拚音而成。

mi み	み	み	み	み	み	み	み	み	み

字源：美　發音方法：由子音「m」與母音「i」拚音而成。

mu む	む	む	む	む	む	む	む	む	む

字源：武　發音方法：由子音「m」與母音「u」拚音而成。

me め	め	め	め	め	め	め	め	め	め

字源：女　發音方法：由子音「m」與母音「e」拚音而成。

mo も	も	も	も	も	も	も	も	も	も

字源：毛　發音方法：由子音「m」與母音「o」拚音而成。

NOTE:

「ま、み、む、め、も」的發音方法：此五音屬於雙唇音，發聲時，皆必須閉攏雙唇，形成阻塞氣流，發出類似注音的〔ㄇ〕音，然後嘴巴分別張開成〔ㄚ〕〔ㄧ〕〔ㄨ〕〔ㄝ〕〔ㄡ〕的嘴型，讓氣流從鼻腔流出，發音類似英文中的〔ma〕〔mi〕〔mu〕〔me〕〔mo〕。

片假名書寫練習

請依照筆順練習

ma

マ

字源：末 發音方法：「ま」和「マ」發音皆類似注音的「ㄇㄚ」。

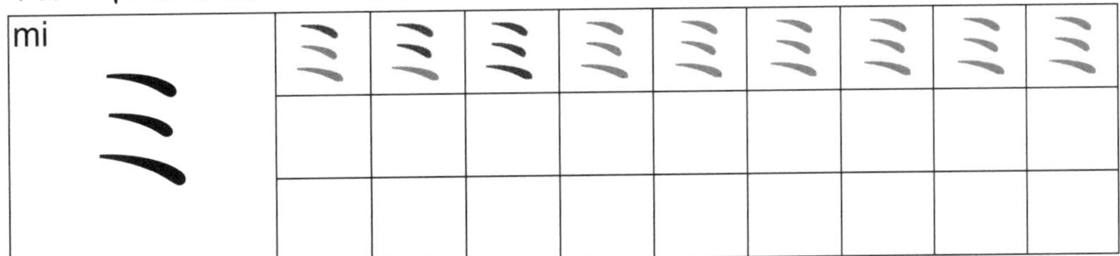

字源：三 發音方法：「み」和「ミ」發音皆類似注音的「ㄇㄧ」。

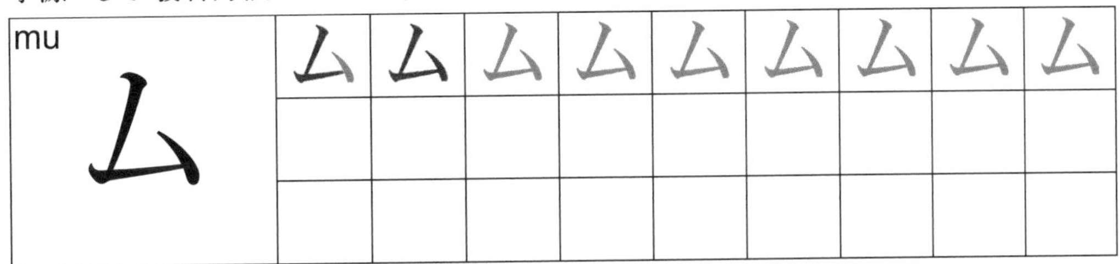

字源：牟 發音方法：「む」和「ム」發音皆類似注音的「ㄇㄨ」。

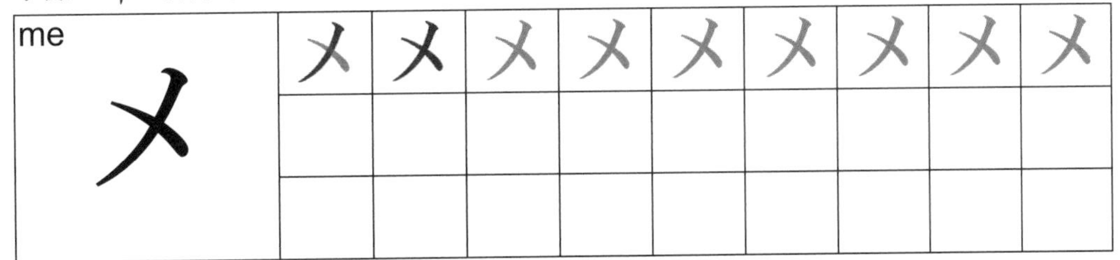

字源：女 發音方法：「め」和「メ」發音皆類似注音的「ㄇㄝ」。

mo

モ

字源：毛 發音方法：「も」和「モ」發音皆類似注音的「ㄇㄡ」。

平假名書寫練習

19.MP3

請依照筆順練習

ya

や

や や や や や や や や や

字源：也　發音方法：由子音「y」與母音「a」拚音而成。

yu

ゆ

ゆ ゆ ゆ ゆ ゆ ゆ ゆ ゆ ゆ

字源：由　發音方法：由子音「y」與母音「u」拚音而成。

yo

よ

よ よ よ よ よ よ よ よ よ

字源：与　發音方法：由子音「y」與母音「o」拚音而成。

NOTE:

「や、ゆ、よ」的發音方法：此三音屬於硬顎音，發聲時，將舌面靠近上硬顎，形成一個比發〔i〕音更狹窄的空間，但發音時間非常短促，馬上接後面的〔a〕〔u〕〔o〕三元音，發出類似英文的〔ya〕〔yu〕〔yo〕音。

片假名書寫練習

請依照筆順練習

ya

ヤ

ヤ	ヤ	ヤ	ヤ	ヤ	ヤ	ヤ	ヤ	ヤ

字源：也　發音方法：「や」和「ヤ」發音皆類似國語的「鴉」。

yu

ユ

ユ	ユ	ユ	ユ	ユ	ユ	ユ	ユ	ユ

字源：由　發音方法：「ゆ」和「ユ」發音皆類似英語的「you」。

yo

ヨ

ヨ	ヨ	ヨ	ヨ	ヨ	ヨ	ヨ	ヨ	ヨ

字源：与　發音方法：「よ」和「ヨ」發音皆類似注音的「ㄧㄡ」。

單字練習（まみむめも、マミムメモ）

20.MP3

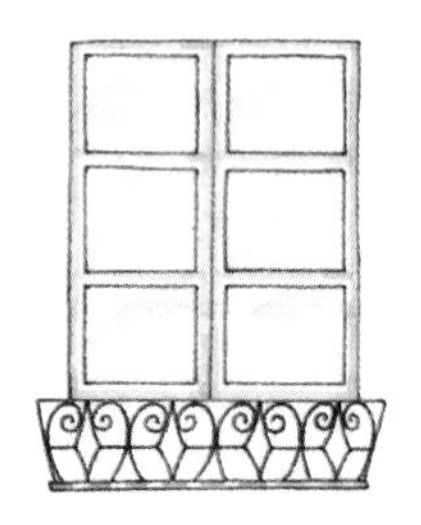

1 まど
ma do
【窓】
窗戶

3 マイカー
ma i ka a
【（和）my+car】
私人汽車

0 みぎ
mi gi
【右】
右方、右邊

1 ミルク
mi ru ku
【milk】
牛奶

0 むこう
mu ko u
【向こう】
對面、那邊

1 ムービー
mu u bi i
【movie】
拍攝的影片

0 めいし
me i shi
【名刺】
名片

1 メロディー
me ro di i
【melody】
旋律

1 もうふ
mo u fu
【毛布】
毛毯、毯子

1 モデル
mo de ru
【model】
模特兒、模型

單字練習（やゆよ、ヤユヨ）

21.MP3

1 やね
ya ne
【屋根】
屋頂

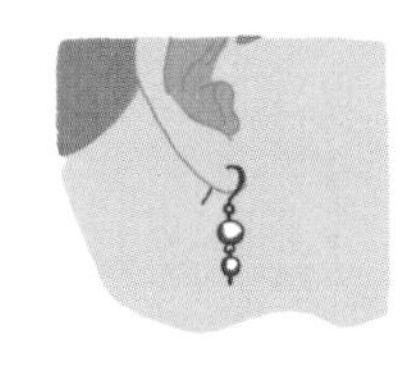

1 イヤリング
i ya ri n gu
【earring】
耳環

2 やま
ya ma
【山】
山、山岳

2 ヤクルト
ya ku ru to
【Yakult】
養樂多

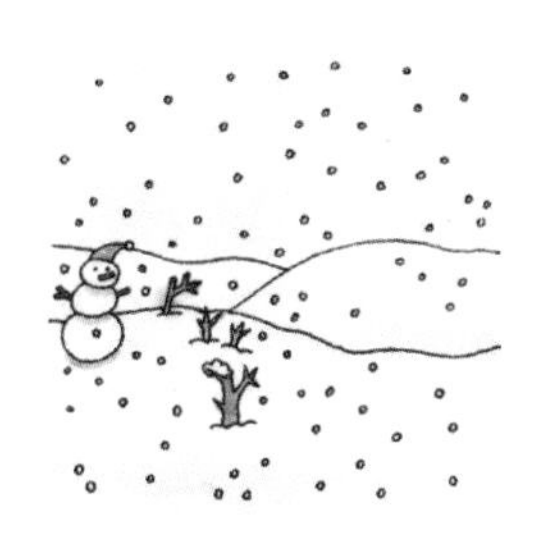

2 ゆき
yu ki
【雪】
雪、雪白

1 ユーモア
yu u mo a
【humour】
幽默、詼諧

3 ゆうえんち
yu u e n chi
【遊園地】
遊樂園

3 ユニホーム
yu ni ho o mu
【uniform】
團隊制服

1 よる
yo ru
【夜】
夜晚

3 ヨーグルト
yo o gu ru to
【yoghurt】
乳酸菌、優格

0 よこ
yo ko
【横】
橫、旁邊

1 ヨット
yo tto
【yacht】
遊艇、帆船

應用練習

一、**改寫練習**：將平假名轉換成片假名，或將片假名轉換成平假名

例 う→ウ　ウ→う

① ま→______　② ム→______

③ も→______　④ ヨ→______

⑤ や→______　⑥ メ→______

⑦ よ→______　⑧ マ→______

⑨ み→______　⑩ ユ→______

二、**克漏字**：請將正確的假名填入空格內

① ____うふ（毛毯、毯子）　② ____ルク（牛奶）

③ ____る（夜晚）　④ ____き（雪、雪白）

⑤ ____ニホーム（團隊制服）　⑥ ____こう（對面、那邊）

⑦ ____ま（山、山岳）　⑧ ____イカー（私人汽車）

三、**選擇練習**：請根據中文意思選出正確的單字

____（1）電影　① ムービー　② ムビー

____（2）幽默、詼諧　① ユーモヌ　② ユーモア

____（3）遊艇、帆船　① ヨツト　② ヨット

____（4）右邊　① みぎ　② みき

____（5）遊樂園　① ゆえんち　② ゆうえんち

四、**重音練習**：請為單字找出正確的重音

22.MP3

____（1）①ミルク　②ミルク　　____（2）①めいし　②めいし

____（3）①よこ　②よこ　　____（4）①メニュー　②メニュー

五、辨字練習：請根據羅馬拼音選出正確的單字

______（1）ya ne（屋頂）　①やぬ　②やね

______（2）ma do（窗戶）　①まど　②まと

______（3）mo o fu（毛毯、毯子）　①もふう　②もうふ

______（4）mo de ru（模型、模特兒）　①モデル　②モテル

______（5）i ya ri n gu（耳環）　①イヤリンク　②イヤリング

六、連連看：請依中文所指出之名詞，選出正確的念法

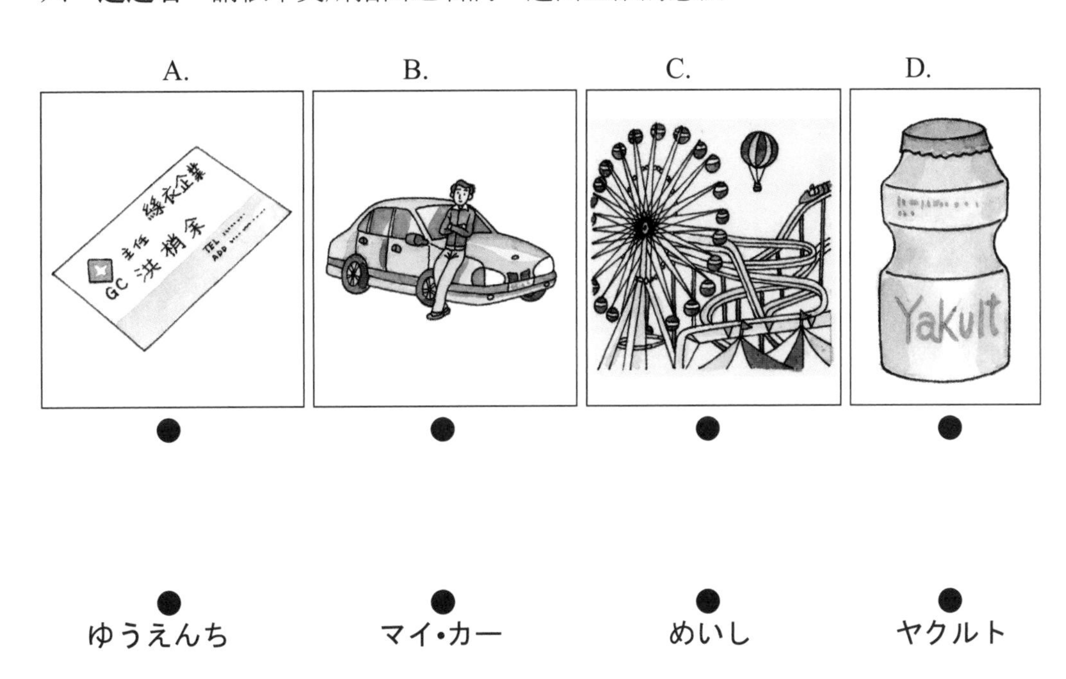

☞習題解答

一、①マ②む③モ④よ⑤ヤ⑥め⑦ヨ⑧ま⑨ミ⑩ゆ

二、①も②ミ③よ④ゆ⑤ユ⑥む⑦や⑧マ

三、①②②①②

四、②①①②

五、②①②①②

六、A. めいし　B. マイカー　C. ゆうえんち　D. ヤクルト

平假名書寫練習

23.MP3

請依照筆順練習

ra ら	ら	ら	ら	ら	ら	ら	ら	ら	ら

字源：良　發音方法：由子音「r」與母音「a」拚音而成。

ri り	り	り	り	り	り	り	り	り	り

字源：利　發音方法：由子音「r」與母音「i」拚音而成。

ru る	る	る	る	る	る	る	る	る	る

字源：留　發音方法：由子音「r」與母音「u」拚音而成。

re れ	れ	れ	れ	れ	れ	れ	れ	れ	れ

字源：礼　發音方法：由子音「r」與母音「e」拚音而成。

ro ろ	ろ	ろ	ろ	ろ	ろ	ろ	ろ	ろ	ろ

字源：呂　發音方法：由子音「r」與母音「o」拚音而成。

NOTE:

ら、り、る、れ、ろ中的〔r〕屬於齒齦音，閃音，帶音。
它的發音類似注音裡的[ㄌ]。
以舌尖朝上牙齒牙齦輕輕一彈後，再迅速放開，振動聲帶發出〔r〕音。

片假名書寫練習

請依照筆順練習

ra

ラ

字源：良　發音方法：「ら」和「ラ」發音皆類似注音的「ㄌㄚ」。

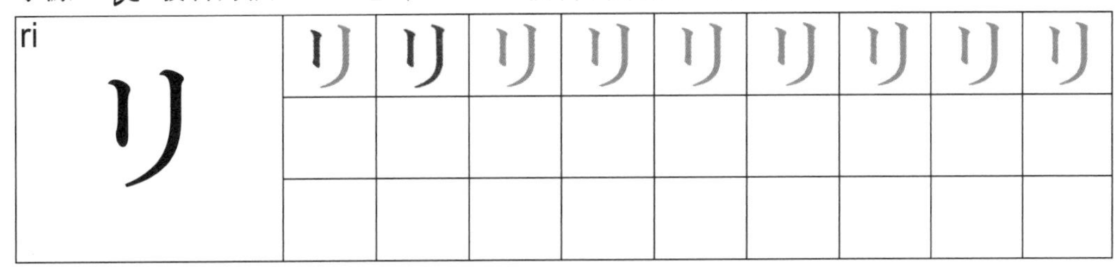

字源：利　發音方法：「り」和「リ」發音皆類似注音的「ㄌㄧ」。

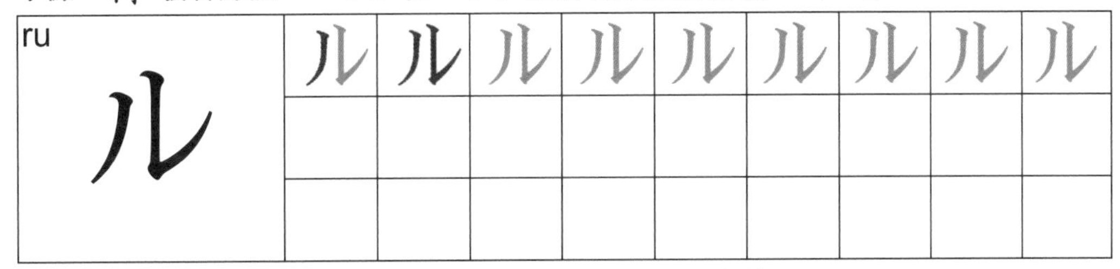

字源：流　發音方法：「る」和「ル」發音皆類似注音的「ㄌㄨ」。

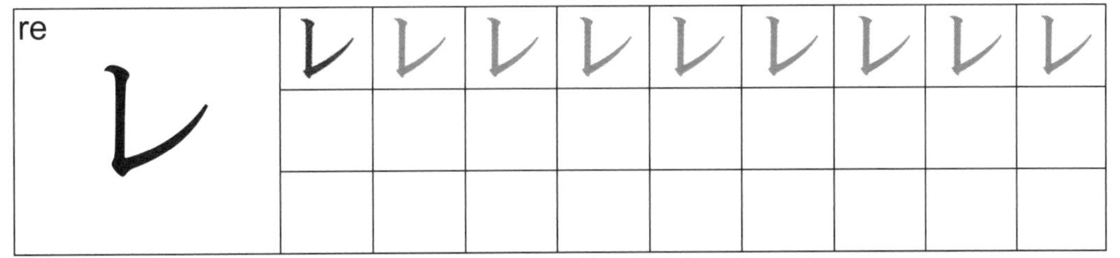

字源：礼　發音方法：「れ」和「レ」發音皆類似注音的「ㄌㄟ」。

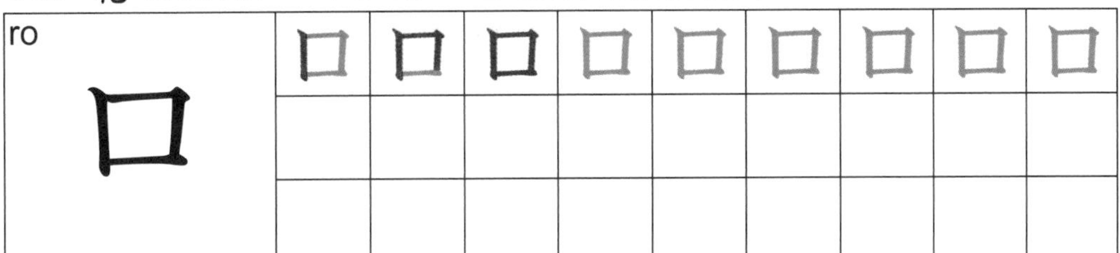

字源：呂　發音方法：「ろ」和「ロ」發音皆類似注音的「ㄌㄡ」。

平假名書寫練習

請依照筆順練習

wa

わ

わ	わ	わ	わ	わ	わ	わ	わ	わ
わ	わ	わ	わ	わ	わ	わ	わ	わ

字源：和　發音方法：由子音「w」與母音「a」拚音而成。

wo

を

を	を	を	を	を	を	を	を	を
を	を	を	を	を	を	を	を	を

字源：遠　發音方法：由子音「w」與母音「o」拚音而成。

n

ん

ん	ん	ん	ん	ん	ん	ん	ん	ん
ん	ん	ん	ん	ん	ん	ん	ん	ん

字源：无　發音方法：用鼻音的「n」。

NOTE:

「ん」不能出現於詞首，多出現於詞尾或句尾，一般接於元音、摩擦音〔**s**〕、〔**ʃ**〕、〔**h**〕及半元音〔**j**〕、〔**w**〕之前。舌根輕觸軟顎後方，形成阻塞，讓氣從鼻腔流出。

片假名書寫練習

請依照筆順練習

wa

ワ

字源：和 發音方法：「わ」和「ワ」發音皆類似注音的「ㄨㄚ」。

wo

ヲ

字源：乎 發音方法：「を」和「ヲ」發音皆類似注音的「ㄨㄛ」。

n

ン

字源：尓 發音方法：「ん」和「ン」發音皆類似英語的「N, n, m, ŋ等音」，國語中沒有類似的音。

單字練習（らりるれろ、ラリルレロ）

25.MP3

0 らくだ
ra ku da
【駱駝】
駱駝

1 ラーメン
ra a me n
【（中）拉麵】
拉麵

0 りんご
ri n go
【林檎】
蘋果

1 リング
ri n gu
【ring】
戒指

1 るす
ru su
【留守】
外出、不在家

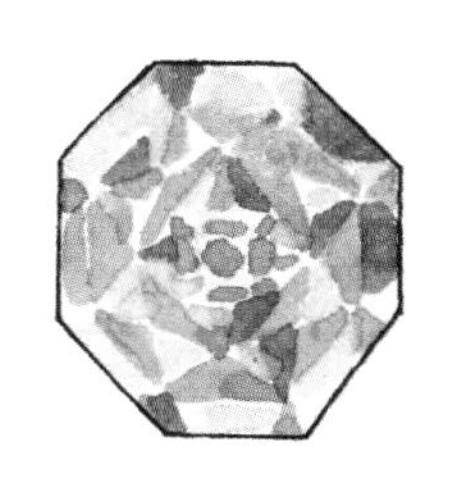

1 ルビー
ru bi i
【ruby】
紅寶石

3 れいぎ
re i gi
【礼儀】
禮節、禮貌

2 レコーダー
re ko o da a
【recorder】
錄音機

3 ろうじん
ro u ji n
【老人】
（帶有貶意的）老頭

2 ロボット
ro bo tto
【robot】
機器人

單字練習（わをん、ワヲン）

26.MP3

1 わに
wa ni
【鰐】
鱷魚

1 ワイン
wa i n
【wine】
葡萄酒

0 わかもの
wa ka mo no
【若者】
年輕人

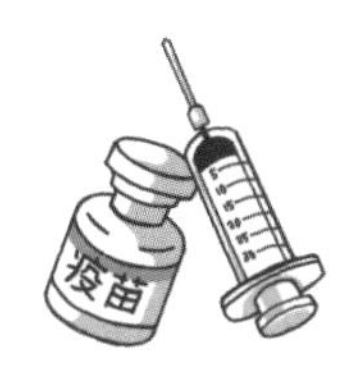

1 ワクチン
wa ku chi n
【vaccine】
疫苗

4 わがまま
wa ga ma ma
【我が儘】
任性、放肆

1 ワックス
wa kku su
【wax】
造型髮臘

0 わくせい
wa ku se i
【惑星】
行星

3 ワンタン
wa n ta n
【(中)饂飩】
餛飩

0 ゆびわ
yu bi wa
【指輪】
戒指

3 ワンピース
wa n pi i su
【one-piece】
連身裙、連身洋裝

1 かあさん
ka a sa n
【母さん】
媽媽

0 しんぶん
shi n bu n
【新聞】
報紙

應用練習

一、**改寫練習**：將平假名轉換成片假名，或將片假名轉換成平假名

例 う→ ウ　　ウ→ う

① り→______　　② ワ→______

③ る→______　　④ ロ→______

⑤ わ→______　　⑥ ヲ→______

⑦ ん→______　　⑧ ラ→______

⑨ ろ→______　　⑩ ン→______

二、**克漏字**：請將正確的假名填入空格內

① ______うじん
（（帶有貶意的）老頭）

② ______ビー
（紅寶石）

③ ______ング
（戒指）

④ ______クチン
（疫苗）

⑤ ______コーダー
（錄音機）

⑥ ______に
（鱷魚）

⑦ ______くだ
（駱駝）

⑧ ______ボット
（機器人）

三、**選擇練習**：請根據中文意思選出正確的單字

______（1）外出、不在家　① ろす　② るす

______（2）戒指　① リング　② リソグ

______（3）葡萄酒　① ワイン　② ウイン

______（4）拉麵　① ラメン　② ラーメン

______（5）任性、放肆　① わかまま　② わがまま

27.MP3

四、**重音練習**：請爲單字找出正確的重音

______（1）①ルビー　②ルビー

______（2）①りんご　②りんご

______（3）①れいぎ　②れいぎ

______（4）①ロボット　②ロボット

五、**辨字練習**：請根據羅馬拼音選出正確的單字

______（1）wa ka mo no（年輕人）　①わかもの　②わがもの

______（2）ka a sa n（媽媽）　①かあさん　②かさん

______（3）ra ku da（駱駝）　①らくた　②らくだ

______（4）wa n pi i su（連身洋裝）　①ワンビース　②ワンピース

______（5）shi n bu n（報紙）　①しんふん　②しんぶん

六、**連連看**：請依中文所指出之名詞，選出正確的念法

わくせい　　ワンタン　　れいぎ　　りんご

☞習題解答

一、①リ②わ③ル④ろ⑤ワ⑥を⑦ン⑧ら⑨ロ⑩ん
二、①ろ②ル③リ④ワ⑤レ⑥わ⑦ら⑧ロ
三、②①①②②
四、①①②①
五、①①②②②
六、A. ワンタン B. れいぎ C. りんご D. わくせい

平假名書寫練習

請依照筆順練習

ga が	が	が	が	が	が	が	が	が	が

發音方法：類似國語中的「嘎」。

gi ぎ	ぎ	ぎ	ぎ	ぎ	ぎ	ぎ	ぎ	ぎ	ぎ

發音方法：類似注音中的「ㄍㄧ」。

gu ぐ	ぐ	ぐ	ぐ	ぐ	ぐ	ぐ	ぐ	ぐ	ぐ

發音方法：類似國語中的「姑」。

ge げ	げ	げ	げ	げ	げ	げ	げ	げ	げ

發音方法：類似注音中的「ㄍㄟ」。

go ご	ご	ご	ご	ご	ご	ご	ご	ご	ご

發音方法：類似國語中的「溝」。

29.MP3

單字練習（がぎぐげご）

0 がっこう
ga kko u
【学校】
學校

0 がか
ga ka
【画家】
畫家

0 ぎもん
gi mo n
【疑問】
疑問

1 ぎんか
gi n ka
【銀貨】
銀幣

0 ぐち
gu chi
【愚痴】
怨言

0 ぐあい
gu a i
【具合】
狀況、樣子

0 げいじゅつ
ge i ju tsu
【芸術】
藝術

1 げんかん
ge n ka n
【玄関】
玄關

1 ごぜん
go ze n
【午前】
上午

1 ごはん
go ha n
【ご飯】
米飯

片假名書寫練習

請依照筆順練習

ga ガ	ガ	ガ	ガ	ガ	ガ	ガ	ガ	ガ	ガ

發音方法：類似國語中的「嘎」。

gi ギ	ギ	ギ	ギ	ギ	ギ	ギ	ギ	ギ	ギ

發音方法：類似注音中的「ㄍㄧ」。

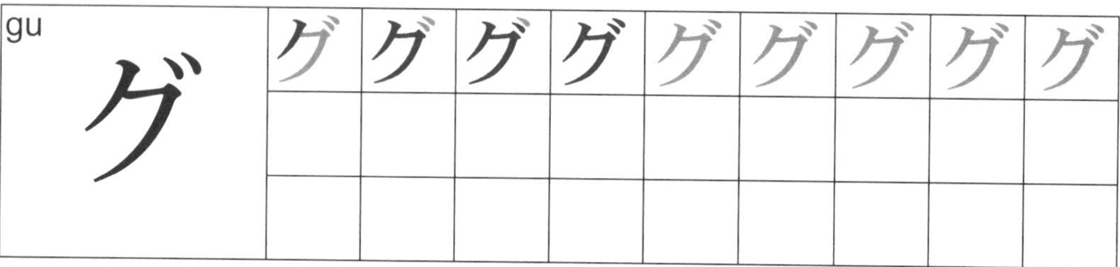

發音方法：類似國語中的「姑」。

ge ゲ	ゲ	ゲ	ゲ	ゲ	ゲ	ゲ	ゲ	ゲ	ゲ

發音方法：類似注音中的「ㄍㄟ」。

go ゴ	ゴ	ゴ	ゴ	ゴ	ゴ	ゴ	ゴ	ゴ	ゴ

發音方法：類似國語中的「溝」。

NOTE:

「がぎぐげご」及「ガギグゲゴ」中的〔g〕屬於軟顎音，塞音。當它出現在詞首時，發音類似注音裡的〔ㄍ〕，即〔ㄍㄚ〕、〔ㄍㄧ〕、〔ㄍㄨ〕、〔ㄍㄝ〕、〔ㄍㄡ〕；但若出現在詞中及詞尾時，則須發成〔ŋ〕音，發成〔**ŋa**〕、〔**ŋi**〕、〔**ŋu**〕、〔**ŋe**〕、〔**ŋo**〕，發音部位和〔**g**〕相同，但氣流從鼻腔流出。

30.MP3

單字練習（ガギグゲゴ）

1 ガーデン
ga a de n
【garden】
花園、庭園

1 ガイド
ga i do
【guide】
導遊

1 ギター
gi ta a
【guitar】
吉他

1 ギフト
gi hu to
【gift】
禮物

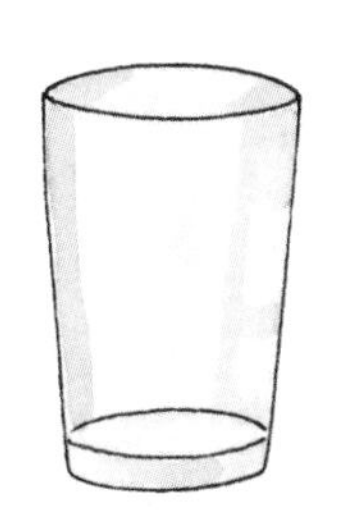

1 グラス
gu ra su
【grass】
玻璃杯

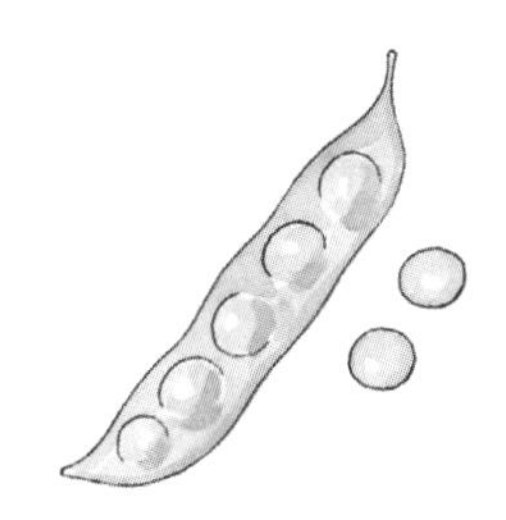

2 グリーンピース
gu ri i n pi i su
【green pease】
青豌豆

1 ゲーム
ge e mu
【game】
遊戲、比賽

1 ゲスト
ge su to
【guest】
（節目的）客人、來賓

1 ゴルフ
go ru hu
【golf】
高爾夫球

1 ゴリラ
go ri ra
【gorilla】
大猩猩、大金剛

應用練習

一、**改寫練習**：將平假名轉換成片假名，或將片假名轉換成平假名

例 う→ウ　ウ→う

① が→______　② コ→______

③ ゲ→______　④ ぐ→______

⑤ ギ→______

二、**克漏字**：請將正確的假名填入空格內

① ______ち（怨言）　② ______リラ（猩猩）

③ ______んかん（玄關）　④ ______ター（吉他）

⑤ ______リーンピース（青豌豆）　⑥ ______もん（疑問）

⑦ ______か（畫家）　⑧ ______ルフ（高爾夫）

⑨ ______はん（米飯）　⑩ ______いじゅつ（藝術）

三、**選擇練習**：請根據中文意思選出正確的單字

______（1）狀況、樣子　① くあい　② ぐあい

______（2）客人　① チスト　② ゲスト

______（3）花園　① ガーデン　② カーデン

______（4）上午　① どぜん　② ごぜん

______（5）遊戲　① ゲーム　② ケーム

31.MP3

四、**重音練習**：請爲單字找出正確的重音

______（1）①ギフト　②ギフト　　______（2）①ぎもん　②ぎもん

______（3）①ぎんか　②ぎんか　　______（4）①ガイド　②ガイド

五、辨字練習：請根據羅馬拼音選出正確的單字

		①	②
______	（1）go ze n（上午）	①ごぜん	②こぜん
______	（2）ge n ka n（玄關）	①けんがん	②げんかん
______	（3）gi n ka（銀幣）	①きんか	②ぎんか
______	（4）gu ra su（玻璃杯）	①グラス	②クラス
______	（5）go ru fu（高爾夫）	①コルブ	②ゴルフ

六、連連看：請依中文所指出之名詞，選出正確的念法

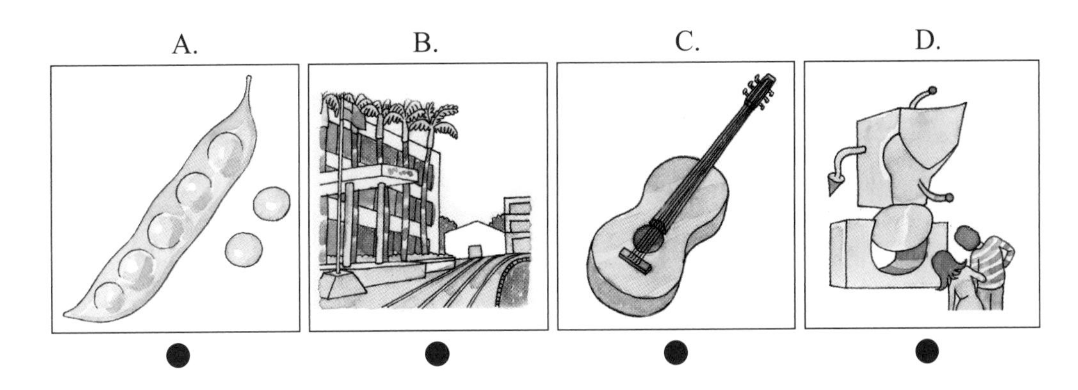

がっこう　　げいじゅつ　　グリーンピース　　ギター

☞習題解答

一、①ガ②こ③げ④グ⑤ぎ

二、①ぐ②ゴ③げ④ギ⑤グ⑥ぎ⑦が⑧ゴ⑨ご⑩げ

三、②②①②①

四、①①②①

五、①②②①②

六、A. グリーンピース B. がっこう　C. ギター D. げいじゅつ

平假名書寫練習

32.MP3

請依照筆順練習

za ざ	ざ	ざ	ざ	ざ	ざ	ざ	ざ	ざ	ざ

發音方法：類似國語中的「砸」。

ji じ	じ	じ	じ	じ	じ	じ	じ	じ	じ

發音方法：類似國語中的「機」。

zu ず	ず	ず	ず	ず	ず	ず	ず	ず	ず

發音方法：類似注音中的「ㄗㄨ」。

ze ぜ	ぜ	ぜ	ぜ	ぜ	ぜ	ぜ	ぜ	ぜ	ぜ

發音方法：類似注音中的「ㄗㄝ」。

zo ぞ	ぞ	ぞ	ぞ	ぞ	ぞ	ぞ	ぞ	ぞ	ぞ

發音方法：類似注音中的「ㄗㄡ」。

單字練習（ざじずぜぞ）

0 ざっし
za sshi
【雑誌】
雜誌

3 ざんねん
za n ne n
【残念】
遺憾、可惜

0 じかん
ji ka n
【時間】
時間

1 じこ
ji ko
【事故】
事故

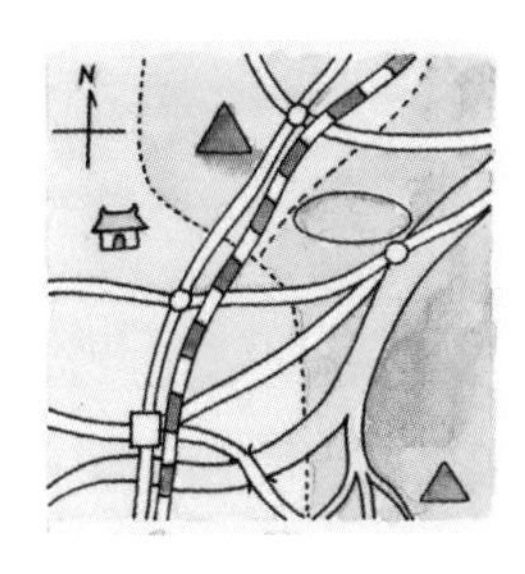

1 ちず
chi zu
【地図】
地圖

0 ずつう
zu tsu u
【頭痛】
頭痛

4 ぜいたく
ze i ta ku
【贅沢】
奢侈

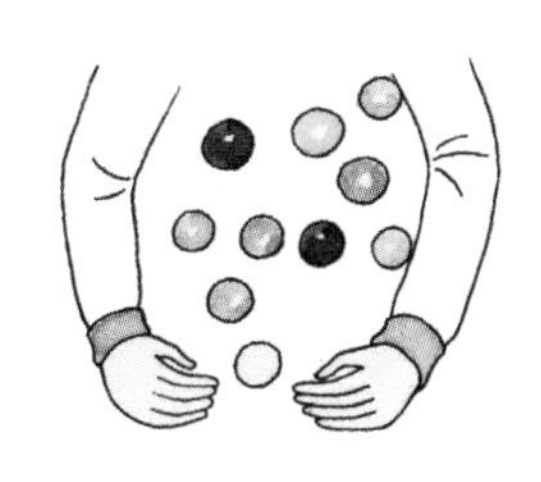

1 ぜんぶ
ze n bu
【全部】
全部

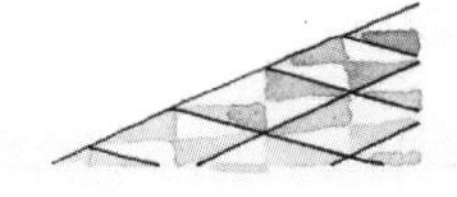

1 せんぞ
se n zo
【先祖】
始祖、祖先

0 れんぞく
re n zo ku
【連続】
連續

片假名書寫練習

請依照筆順練習

za ザ	ザ	ザ	ザ	ザ	ザ	ザ	ザ	ザ	ザ

發音方法：類似國語中的「砸」。

ji ジ	ジ	ジ	ジ	ジ	ジ	ジ	ジ	ジ	ジ

發音方法：類似國語中的「機」。

zu ズ	ズ	ズ	ズ	ズ	ズ	ズ	ズ	ズ	ズ

發音方法：類似注音中的「ㄗㄨ」。

ze ゼ	ゼ	ゼ	ゼ	ゼ	ゼ	ゼ	ゼ	ゼ	ゼ

發音方法：類似注音中的「ㄗㄝ」。

zo ゾ	ゾ	ゾ	ゾ	ゾ	ゾ	ゾ	ゾ	ゾ	ゾ

發音方法：類似注音中的「ㄗㄡ」。

單字練習（ザジズゼゾ）

2 デザート
de za a to
【dessert】
飯後甜點

2 デザイン
de za i n
【design】
設計

3 エンジニア
e n ji ni a
【engineer】
工程師

1 ジープ
ji i pu
【jeep】
吉普車

1 ズボン
zu bo n
【jupon】
褲子

1 キッズ
ki zzu
【kids】
兒童、小孩

1 ゼリー
ze ri i
【jelly】
果凍

2 プレゼント
pu re ze n to
【present】
禮物

2 リゾート
ri zo o to
【resort】
休閒勝地

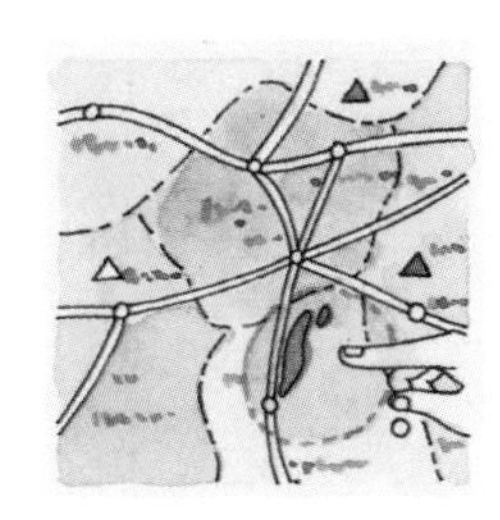

1 ゾーン
zo o n
【zone】
地區、地帶

應用練習

一、**改寫練習**：將平假名轉換成片假名，或將片假名轉換成平假名

例 う→ウ　ウ→う

① ぞ→______　② ズ→______

③ ザ→______　④ じ→______

⑤ ぜ→______

二、**克漏字**：請將正確的假名填入空格內

① れん______く（連續）　② ______ボン（褲子）

③ ______っし（雜誌）　④ エン______ニア（工程師）

⑤ デ______イン（設計）　⑥ ______こ（事故）

⑦ ち______（地圖）　⑧ ______ーン（地區、地帶）

⑨ せん______（祖先）　⑩ ______んぶ（全部）

三、**選擇練習**：請根據中文意思選出正確的單字

______（1）事故　① しご　② じこ

______（2）飯後甜點　① テザート　② デザート

______（3）果凍、果醬　① ゼリー　② セリー

______（4）時間　① じかん　② しがん

______（5）休閒勝地　① リソート　② リゾート

35.MP3

四、**重音練習**：請為單字找出正確的重音

______（1）①ジープ　②ジープ　　______（2）①ぜいたく　②ぜいたく

______（3）①ちず　②ちず　　______（4）①プレゼント　②プレゼント

五、**辨字練習**：請根據羅馬拼音選出正確的單字

______	（1）re n zo ku（連續）	①れんぞく	②れんそく
______	（2）ze i ta ku（奢侈）	①せいたく	②ぜいたく
______	（3）za n ne n（遺憾、可惜）	①ざんねん	②さんねん
______	（4）ze ri i（果凍）	①ゼリー	②ゼーリー
______	（5）zu bo n（褲子）	①ズボン	②ズポン

六、**連連看**：請依照插圖，選出正確的日文單字

☞習題解答

一、①ゾ②ず③ざ④ジ⑤ぜ

二、①ぞ②ズ③ざ④ジ⑤ザ⑥じ⑦ず⑧ゾ⑨ぞ⑩ぜ

三、②②①①②

四、①②①②

五、①②①①①

六、A. リゾート B. ざっし C. キッズ D. じかん

平假名書寫練習

36.MP3

請依照筆順練習

da だ	だ	だ	だ	だ	だ	だ	だ	だ	だ

發音方法：發音類似國語的「搭」。

ji ぢ	ぢ	ぢ	ぢ	ぢ	ぢ	ぢ	ぢ	ぢ	ぢ

發音方法：發音類似國語的「機」，和「じ」的發音相同。

zu づ	づ	づ	づ	づ	づ	づ	づ	づ	づ

發音方法：類似注音的「ㄗㄨ」，和「ず」的發音相同。

de で	で	で	で	で	で	で	で	で	で

發音方法：發音類似注音的「ㄉせ」。

do ど	ど	ど	ど	ど	ど	ど	ど	ど	ど

發音方法：發音類似國語的「兜」。

37.MP3

單字練習（だぢづでど）

0 だいがく
da i ga ku
【大学】
大學

0 だいどころ
da i do ko ro
【台所】
廚房

0 ちぢめる
chi ji me ru
【縮める】
縮短、縮小

0 はなぢ
ha na ji
【鼻血】
鼻血

2 こづつみ
ko zu tsu mi
【小包】
小包、包裹

0 みかづき
mi ka zu ki
【三日月】
新月

0 でむかえ
de mu ka e
【出迎え】
迎接

0 でまえ
de ma e
【出前】
外賣、外送

1 どうろ
do u ro
【道路】
道路

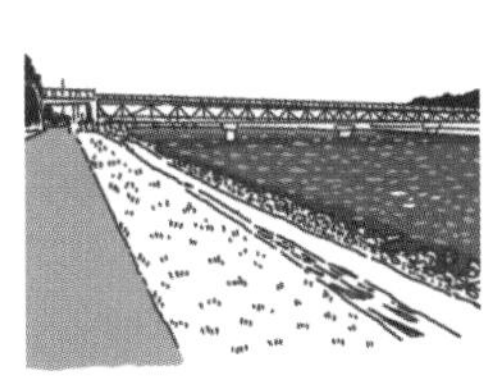

0 どて
do te
【土手】
堤防、河堤

片假名書寫練習

請依照筆順練習

da

ダ

ダ ダ ダ ダ ダ ダ ダ ダ ダ

發音方法：發音類似國語的「搭」。

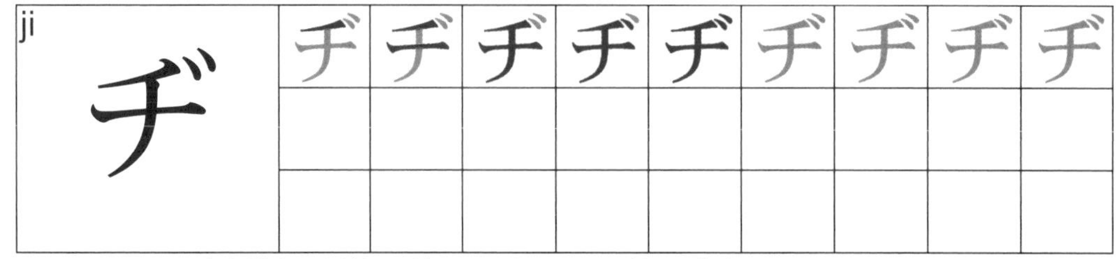

發音方法：發音類似國語的「機」，和「じ」的發音相同。

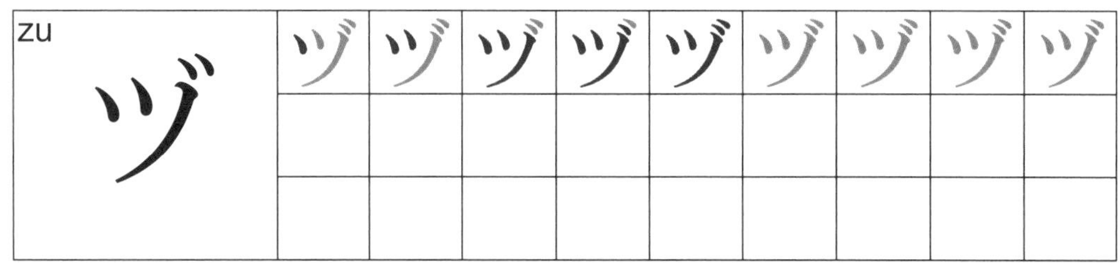

發音方法：類似注音的「ㄗㄨ」，和「ず」的發音相同。

de

デ

デ デ デ デ デ デ デ デ デ

發音方法：發音類似注音的「ㄉㄝ」。

do

ド

ド ド ド ド ド ド ド ド ド

發音方法：發音類似國語的「兜」。

38.MP3

單字練習（ダヂヅデド）

4 ダイヤモンド
da i ya mo n do
【diamond】
鑽石

1 ダイビング
da i bi n gu
【diving】
浮潛、潛水

1 ダイエット
da i e tto
【diet】
減肥、瘦身

1 ダブル
da bu ru
【double】
雙重的、雙份的

1 デモ
de mo
【demo】
示威遊行

1 デート
de e to
【date】
約會

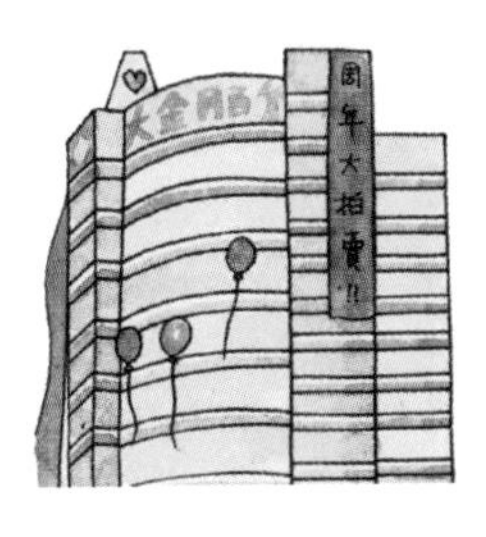

2 デパート
de pa a to
【department store】
百貨公司

1 ドラマ
do ra ma
【drama】
戲劇、連續劇

1 ドーナツ
do o na tsu
【doughnut】
甜甜圈

1 ドレス
do re su
【dress】
女用禮服

應用練習

一、**改寫練習**：將平假名轉換成片假名，或將片假名轉換成平假名

例 う→ウ　ウ→う

① で→______　② ヂ→______

③ ヅ→______　④ だ→______

⑤ ど→______

二、**克漏字**：請將正確的假名填入空格內

① ______いがく（大學）　② ______ーナツ（甜甜圈）

③ はな______（鼻血）　④ ______ブル（雙重的、雙份的）

⑤ ______レス（女禮服）　⑥ ______むかえ（迎接）

⑦ ち______める（縮短、縮小）　⑧ ______イヤモンド（鑽石）

⑨ ______うろ（道路）　⑩ みか______き（新月）

三、**選擇練習**：請根據中文意思選出正確的單字

______（1）百貨公司　① テバート　②デパート

______（2）潛水　① ダイビング　② タイビング

______（3）連續劇　① ドラス　② ドラマ

______（4）外賣　① てまえ　② でまえ

______（5）示威遊行　① テモ　② デモ

四、**重音練習**：請為單字找出正確的重音

39.MP3

______（1）①ダイエット　②ダイエット　______（2）①どて　②どて

______（3）①だいどころ　②だいどころ　______（4）①デート　②デート

五、辨字練習：請根據羅馬拼音選出正確的單字

______（1）ko zu tsu mi（小包、包裹）　①こつづみ　②こづつみ

______（2）do u ro（道路）　①どうろ　②とうろ

______（3）da i do ko ro（廚房）　①だいどころ　②たいどころ

______（4）da i ya mo n do（鑽石）　①タイヤモント　②ダイヤモンド

______（5）do re su（女禮服）　①ドレス　②ドレマ

六、連連看：請依照插圖，選出正確的日文單字

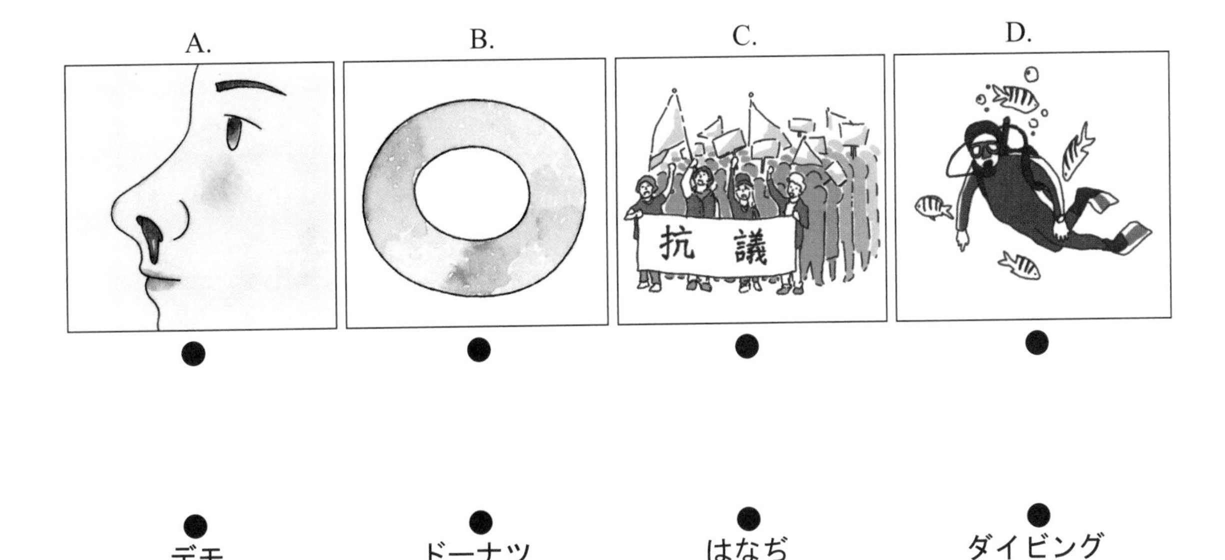

☞習題解答

一、①デ②ぢ③づ④ダ⑤ド

二、①だ②ド③ぢ④ダ⑤ド⑥で⑦ぢ⑧ダ⑨ど⑩づ

三、②①②②②

四、②①①②

五、②①①②①

六、A. はなぢ B. ドーナツ C. デモ D. ダイビング

平假名書寫練習

40.MP3

請依照筆順練習

ba ば	ば	ば	ば	ば	ば	ば	ば	ば	ば

發音方法：類似國語的「八」。

bi び	び	び	び	び	び	び	び	び	び

發音方法：類似國語的「逼」。

bu ぶ	ぶ	ぶ	ぶ	ぶ	ぶ	ぶ	ぶ	ぶ	ぶ

發音方法：類似注音的「ㄅㄨ」。

be べ	べ	べ	べ	べ	べ	べ	べ	べ	べ

發音方法：類似注音的「ㄅせ」。

bo ぼ	ぼ	ぼ	ぼ	ぼ	ぼ	ぼ	ぼ	ぼ	ぼ

發音方法：類似注音的「ㄅㄡ」。

41.MP3

單字練習（ばびぶべぼ）

4 ばんぐみ
ba n gu mi
【番組】
節目

0 かばん
ka ba n
皮包

1 びじん
bi ji n
【美人】
美女、美人

0 びしょぬれ
bi sho nu re
【びしょ濡れ】
濕透、淋濕

0 ぶた
bu ta
【豚】
豬

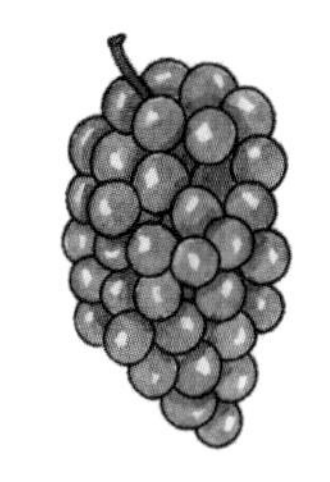

0 ぶどう
bu do u
【葡萄】
葡萄

3 べっそう
be sso u
【別荘】
別墅

1 べんり
be n ri
【便利】
（交通、環境）方便

0 ぼくじょう
bo ku jo u
【牧場】
牧場

5 てるてるぼうず
te ru te ru bo u zu
【照る照る坊主】
（祈禱天晴而掛在屋簷下的布娃娃）
晴天娃娃

片假名書寫練習

請依照筆順練習

ba

バ

バ バ バ バ バ バ バ バ バ

發音方法：類似國語的「八」。

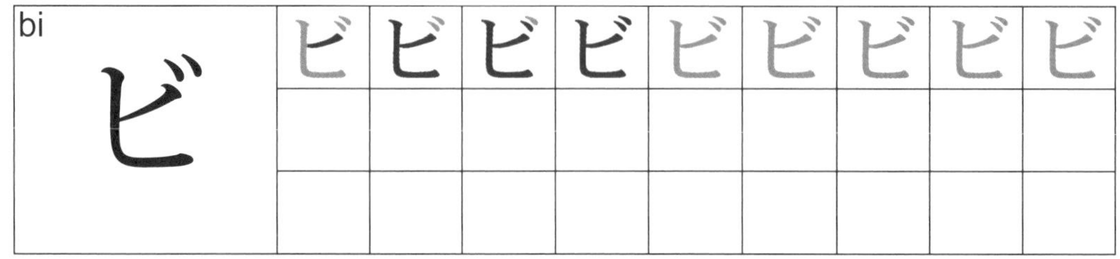

發音方法：類似國語的「逼」。

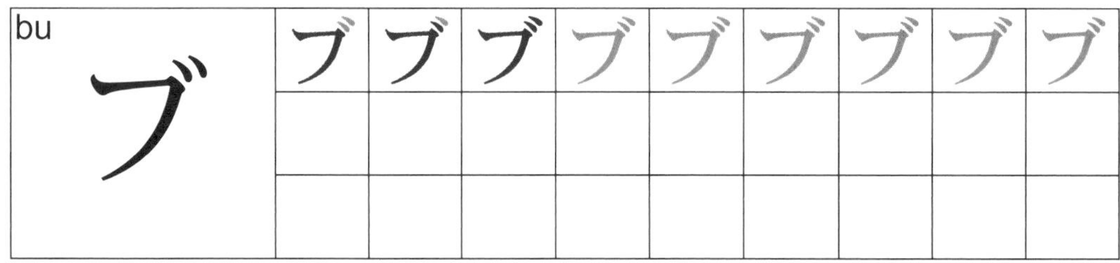

發音方法：類似注音的「ㄅㄨ」。

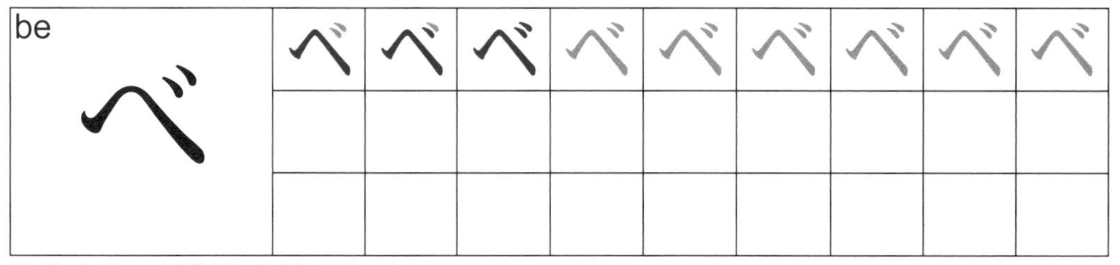

發音方法：類似注音的「ㄅせ」。

bo

ボ

ボ ボ ボ ボ ボ ボ ボ ボ ボ

發音方法：類似注音的「ㄅヌ」。

42.MP3

單字練習（バビブベボ）

1 バナナ
ba na na
【banana】
香蕉

1 バター
ba ta a
【butter】
奶油

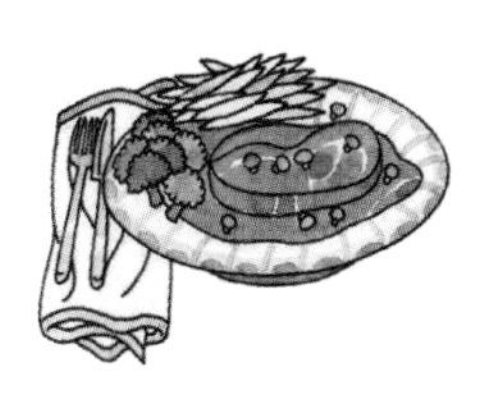

1 ビーフ
bi i fu
【beef】
牛肉

1 ビーチ
bi i chi
【beach】
海灘

1 ブーツ
bu u tsu
【boots】
靴子、長筒靴

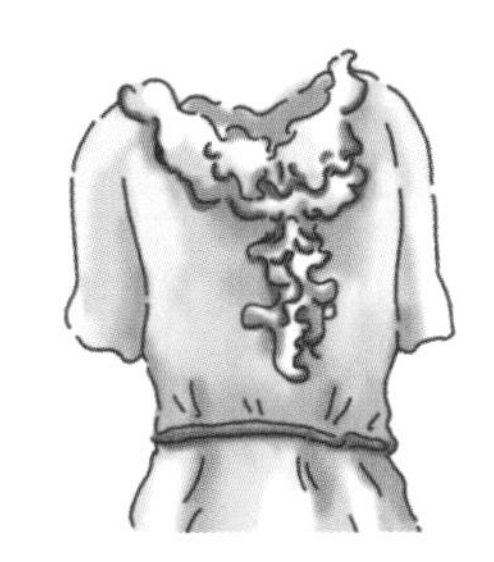

2 ブラウス
bu ra u su
【blouse】
女用襯衫、罩衫

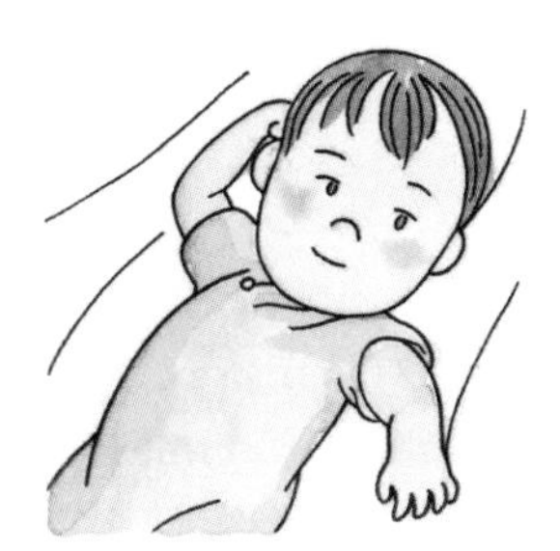

1 ベビー
be bi i
【baby】
（書面用語）
小嬰兒、寶寶

2 ラベンダー
ra be n da a
【lavender】
薰衣草

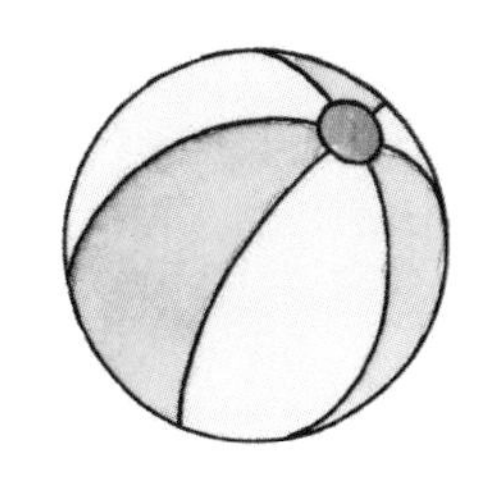

0 ボール
bo o ru
【ball】
球

1 ボート
bo o to
【boat】
小船

應用練習

一、**改寫練習**：將平假名轉換成片假名，或將片假名轉換成平假名

例 う→ウ　ウ→う

① ビ→_______　② ぶ→_______

③ ぼ→_______　④ べ→_______

⑤ バ→_______

二、**克漏字**：請將正確的假名填入空格內

① _______どう（葡萄）　② _______ター（奶油）

③ か_______ん（皮包）　④ _______ール（球）

⑤ _______っそう（別墅）　⑥ _______ーフ（牛肉）

⑦ _______くじょう（牧場）　⑧ _______ート（小船）

⑨ _______じん（美人、美女）　⑩ _______ナナ（香蕉）

三、**選擇練習**：請根據中文意思選出正確的單字

		①	②
______	（1）小嬰兒、寶寶	① ベビー	② ヘビー
______	（2）靴子、長筒靴	① ブツー	② ブーツ
______	（3）海灘	① ビーチ	② ビーヂ
______	（4）方便	① へんり	② べんり
______	（5）豬	① ぶた	② ふた

43.MP3

四、**重音練習**：請爲單字找出正確的重音

______（1）①びしょぬれ　②びしょぬれ　______（2）①ラベンダー　②ラベンダー

______（3）①ブラウス　②ブラウス　______（4）①かばん　②かばん

五、**辨字練習**：請根據羅馬拼音選出正確的單字

______（1）te ru te ru bo o zu（晴天娃娃） ①てるてるぽうず ②てるてるぼうず

______（2）ba n gu mi（節目） ①ばんぐみ ②ばんくみ

______（3）ba na na（香蕉） ①バナナ ②パナナ

______（4）ra be n da a（薰衣草） ①ラペンダー ②ラベンダー

______（5）ba ta a（奶油） ①バッター ②バター

六、**連連看**：請依照插圖，選出正確的日文單字

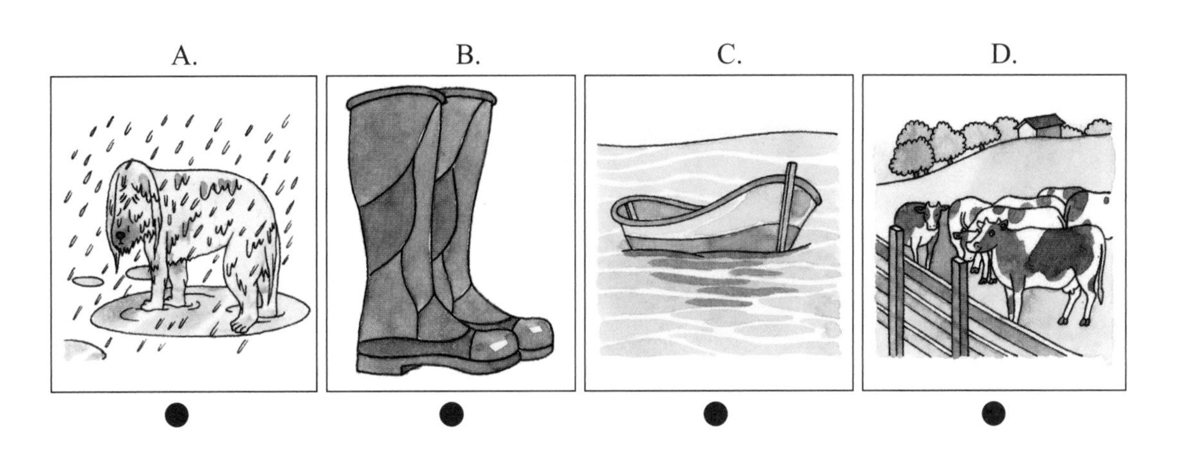

ぼくじょう　　びしょぬれ　　ボート　　ブーツ

☞習題解答

一、①び②ブ③ボ④べ⑤ば
二、①ぶ②バ③ば④ボ⑤べ⑥ビ⑦ぼ⑧ボ⑨び⑩バ
三、①②①②①
四、①①①②
五、②①①②②
六、A. びしょぬれ B. ブーツ C. ボート D. ぼくじょう

平假名書寫練習

請依照筆順練習

pa

ぱ

ぱ ぱ ぱ ぱ ぱ ぱ ぱ ぱ ぱ

發音方法：發音類似國語的「趴」。

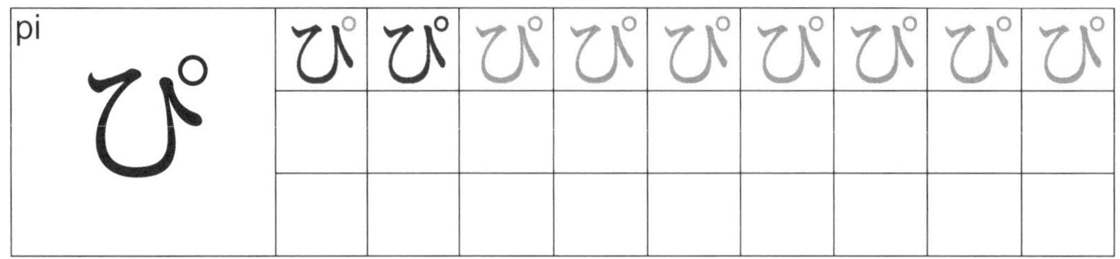

發音方法：發音類似國語的「披」。

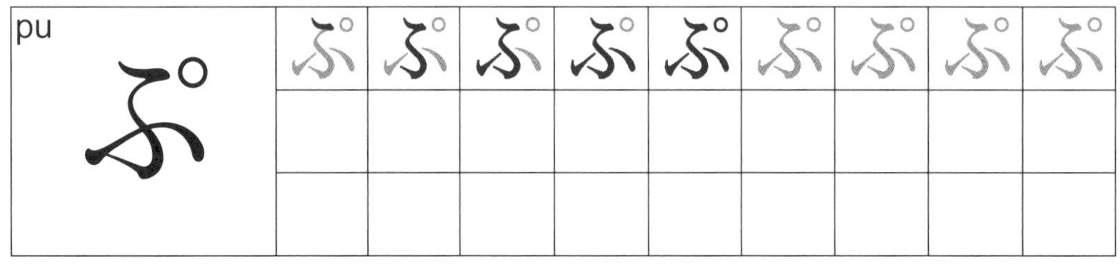

發音方法：發音類似國語的「撲」。

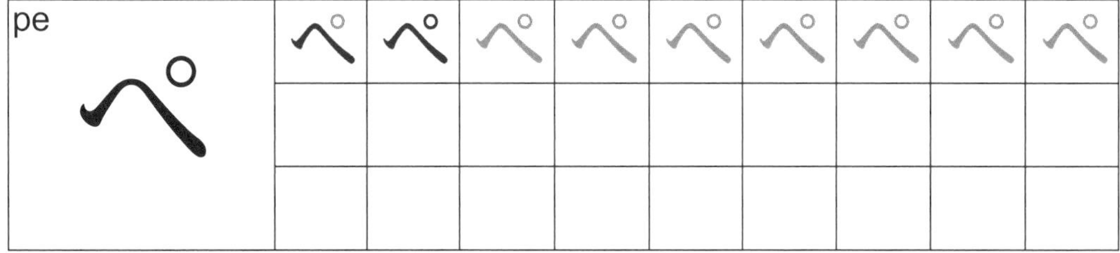

發音方法：發音類似注音的「ㄆㄝ」。

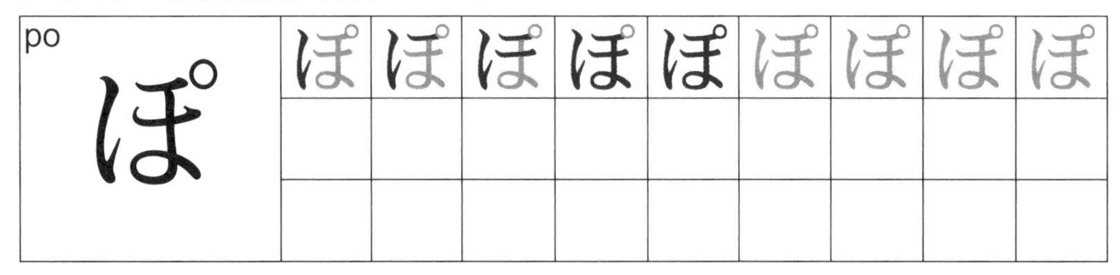

發音方法：發音類似注音的「ㄆㄡ」。

45.MP3

單字練習（ぱぴぷぺぽ）

0 なんぱ
na n pa
【軟派】
搭訕

1 ぱたぱた
pa ta pa ta
發出叭噠叭噠的聲音

3 ぴったり
pi tta ri
恰好、吻合

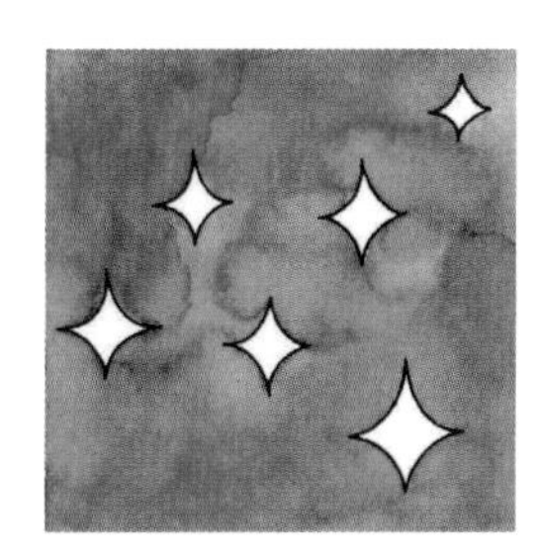

1 ぴかぴか
pi ka pi ka
光亮、閃耀

0 きっぷ
ki ppu
【切符】
車票、各種票券

3 せんぷうき
se n pu u ki
【扇風機】
電風扇

1 ぺらぺら
pe ra pe ra
說話流利的樣子

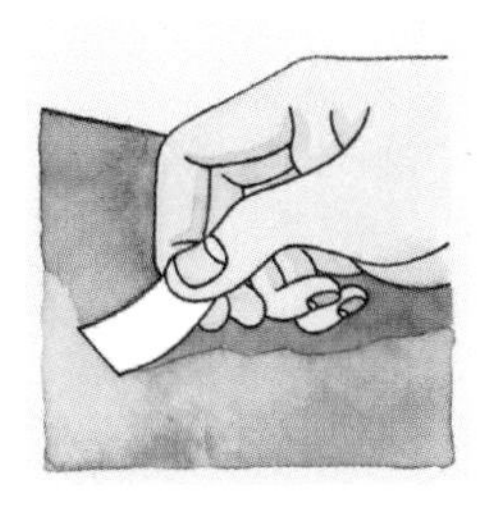

2 ぺたりと
pe ta ri to
（副詞）輕輕貼上

0 なんぽう
na n po u
【南方】
南方

1 けんぽう
ke n po u
【憲法】
憲法

片假名書寫練習

請依照筆順練習

pa

パ

パ パ パ パ パ パ パ パ パ

發音方法：發音類似國語的「趴」。

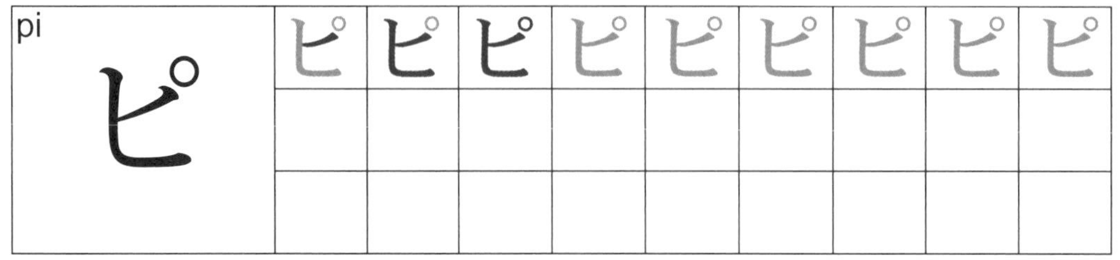

發音方法：發音類似國語的「披」。

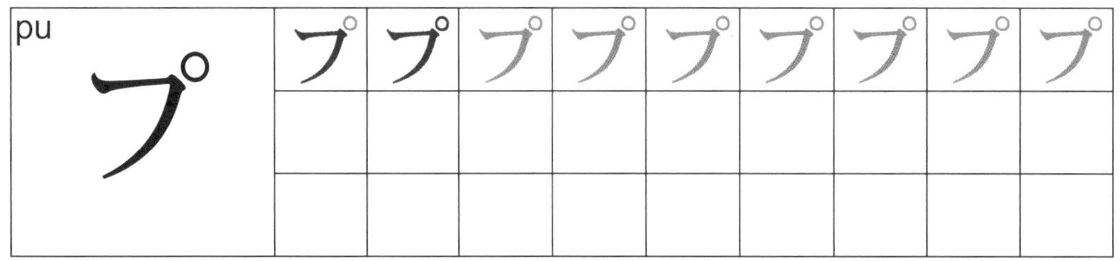

發音方法：發音類似國語的「撲」。

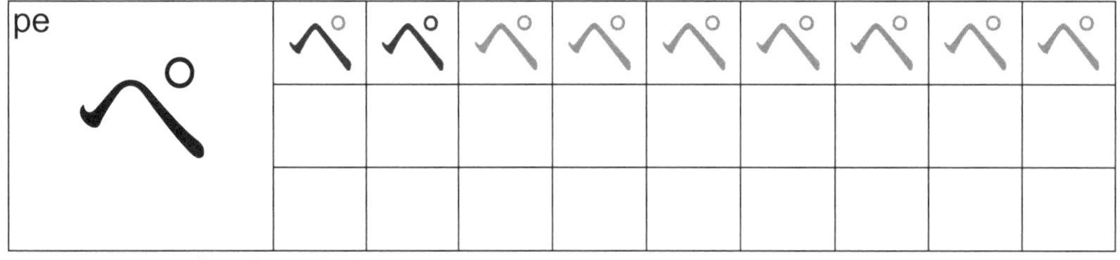

發音方法：發音類似注音的「ㄆせ」。

發音方法：發音類似注音的「ㄆㄡ」。

單字練習（パピプペポ）

1 パスタ
pa su ta
【pasta】
義大利麵的總稱

1 パーティー
pa a ti i
【party】
茶會、宴會

0 ピアノ
pi a no
【piano】
鋼琴

1 ピーナッツ
pi i na ttsu
【peanuts】
花生

1 プール
pu u ru
【pool】
游泳池

1 プリン
pu ri n
【pudding】
布丁

1 ペン
pe n
【pen】
筆

0 ペンギン
pe n gi n
【penguin】
企鵝

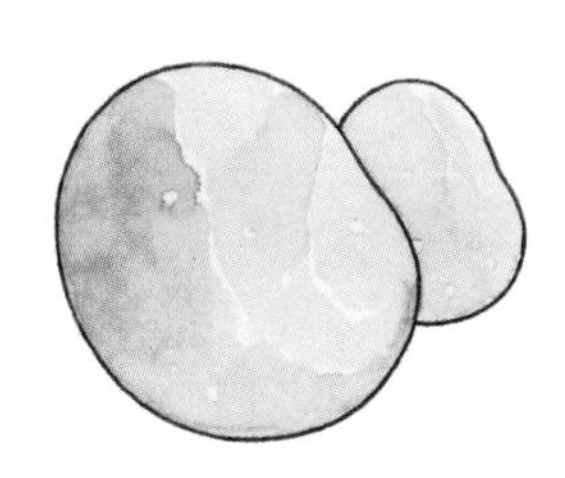

1 ポテト
po te to
【potato】
馬鈴薯

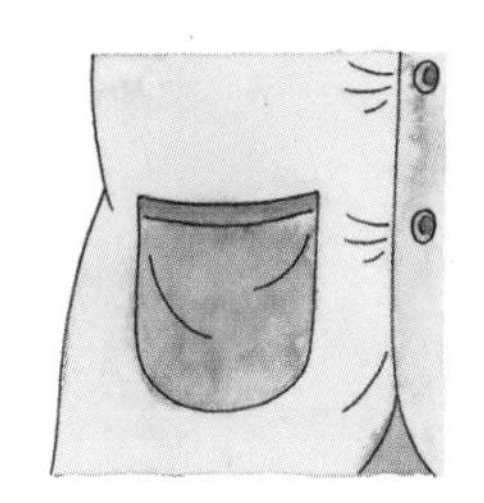

2 ポケット
po ke tto
【pocket】
口袋

應用練習

一、**改寫練習**：將平假名轉換成片假名，或將片假名轉換成平假名

例 う→ウ　ウ→う

① ぱ→______　② ペ→______

③ ポ→______　④ ぷ→______

⑤ ピ→______

二、**克漏字**：請將正確的假名填入空格內

① なん______（搭訕）

② ______ーナッツ（花生）

③ ______ら______ら（說話流利的樣子）

④ ______ール（游泳池）

⑤ せん______うき（電風扇）

⑥ ______テト（馬鈴薯）

⑦ けん______う（憲法）

⑧ ______ン（筆）

⑨ ______た______た（發出叭噠叭噠的聲音）

⑩ ______アノ（鋼琴）

三、**選擇練習**：請根據中文意思選出正確的單字

______（1）光亮、閃耀　① びかびか　② ぴかぴか

______（2）義大利麵的總稱　① パスタ　② バスタ

______（3）南方　① なんぽう　② なんぼう

______（4）企鵝　① ベンギン　② ペンギン

______（5）恰好、吻合　① びったり　② ぴったり

47.MP3

四、**重音練習**：請為單字找出正確的重音

______（1）①ぴったり　②ぴったり

______（2）①パーティー　②パーティー

______（3）①プリン　②プリン

______（4）①ぺたりと　②ぺたりと

五、**辨字練習**：請根據羅馬拼音選出正確的單字

______（1）pe ta ri to（輕輕貼上）　①ぺたりと　②べたりと

______（2）pi tta ri（恰好、吻合）　①ぴたり　②ぴったり

______（3）na m po u（南方）　①なんぽう　②なんぼう

______（4）pu u ru（游泳池）　①ブール　②プール

______（5）po ke tto（口袋）　①ポケット　②ボケット

六、**連連看**：請依照插圖，選出正確的日文單字

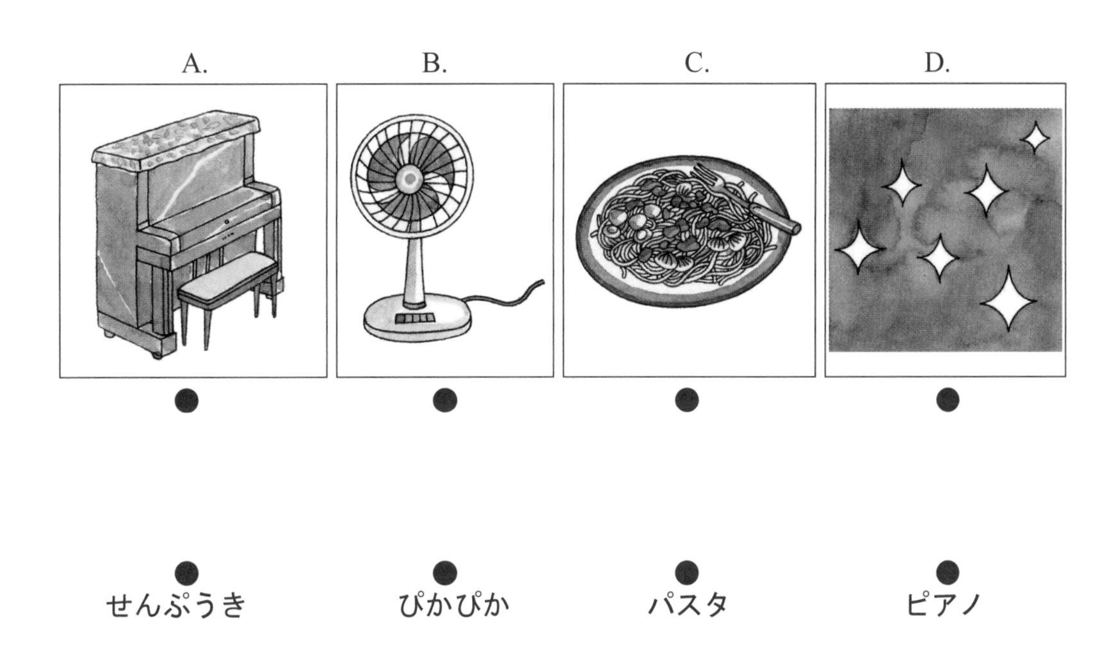

☞習題解答

一、①パ②ペ③ぽ④プ⑤ぴ

二、①ぱ②ピ③ぺ、ペ④プ⑤ぷ⑥ポ⑦ぽ⑧ペ⑨ぱ、ぱ⑩ピ

三、②①①②②

四、②①①②

五、①②①②①

六、A. ピアノ　B. せんぷうき　C. パスタ　D. ぴかぴか

平假名書寫練習

48.MP3

kya きゃ	きゃ	きゃ	きゃ	きゃ	きゃ	きゃ

發音方法：類似注音的「ㄎ一ㄚ」，尾音再稍稍拉長。

kyu きゅ	きゅ	きゅ	きゅ	きゅ	きゅ	きゅ

發音方法：類似注音的「ㄎ一ㄨ」，尾音再稍稍拉長。

kyo きょ	きょ	きょ	きょ	きょ	きょ	きょ

發音方法：類似注音的「ㄎ一ㄡ」，尾音再稍稍拉長。

gya ぎゃ	ぎゃ	ぎゃ	ぎゃ	ぎゃ	ぎゃ	ぎゃ

發音方法：類似注音的「ㄍ一ㄚ」，尾音再稍稍拉長。

gyu ぎゅ	ぎゅ	ぎゅ	ぎゅ	ぎゅ	ぎゅ	ぎゅ

發音方法：類似注音的「ㄍ一ㄨ」，尾音再稍稍拉長。

gyo ぎょ	ぎょ	ぎょ	ぎょ	ぎょ	ぎょ	ぎょ

發音方法：類似注音的「ㄍ一ㄡ」，尾音再稍稍拉長。

單字練習（きゃ·きゅ·きょ、ぎゃ·ぎゅ·ぎょ）

49.MP3

0 きゃく
kya ku
【客】
客人、顧客

0 きゃしゃ
kya sha
【華奢】
苗條、纖瘦

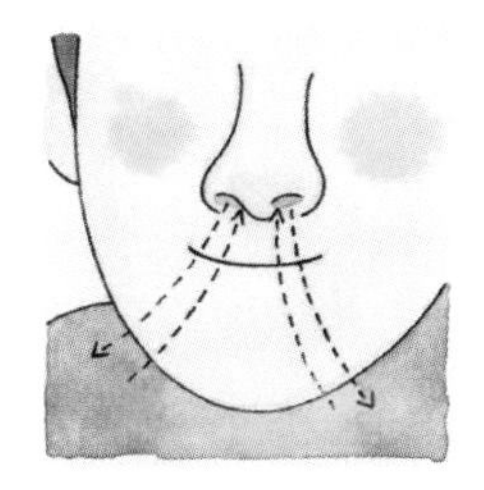

0 こきゅう
ko kyu u
【呼吸】
呼吸

1 きゅうり
kyu u ri
【胡瓜】
黃瓜

1 きょうだい
kyo u da i
【兄弟】
兄弟姊妹

0 ぎゃく
gya ku
【逆】
倒、相反

0 ぎゅうにゅう
gyu u nyu u
【牛乳】
牛奶

0 ぎゅっと
gyu tto
緊緊地

0 にんぎょう
ni n gyo u
【人形】
洋娃娃、玩偶

1 じゅぎょう
ju gyo u
【授業】
授課、教課

片假名書寫練習

kya キャ	キャ	キャ	キャ	キャ	キャ	キャ

發音方法：類似注音的「ㄎㄧㄚ」，尾音再稍稍拉長。

kyu キュ	キュ	キュ	キュ	キュ	キュ	キュ

發音方法：類似注音的「ㄎㄧㄨ」，尾音再稍稍拉長。

kyo キョ	キョ	キョ	キョ	キョ	キョ	キョ

發音方法：類似注音的「ㄎㄧㄡ」，尾音再稍稍拉長。

gya ギャ	ギャ	ギャ	ギャ	ギャ	ギャ	ギャ

發音方法：類似注音的「ㄍㄧㄚ」，尾音再稍稍拉長。

gyu ギュ	ギュ	ギュ	ギュ	ギュ	ギュ	ギュ

發音方法：類似注音的「ㄍㄧㄨ」，尾音再稍稍拉長。

gyo ギョ	ギョ	ギョ	ギョ	ギョ	ギョ	ギョ

發音方法：類似注音的「ㄍㄧㄡ」，尾音再稍稍拉長。

單字練習（キャ·キュ·キョ、ギャ·ギュ·ギョ）

50.MP3

1 キャンプ
kya n pu
【camp】
露營

1 キャベツ
kya be tsu
【cabbage】
高麗菜

1 キャンセル
kya n se ru
【cancel】
取消

1 キャンドル
kya n do ru
【candle】
蠟燭

1 キャッチャー
kya ccha a
【catcher】
捕手

1 キューピッド
kyu u pi ddo
【Cupid】
丘比特

1 ギャル
gya ru
【gal】
辣妹

1 ギャンブル
gya n bu ru
【gamble】
賭博

1 ギャラリー
gya ra ri i
【gallery】
美術館、展覽館

1 ギョウザ
gyo u za
【(中)餃子】
鍋貼

應用練習

一、**改寫練習**：將平假名轉換成片假名，或將片假名轉換成平假名

例 きゃ→ キャ　　キャ→ きゃ

① きょ→______　　② ギュ→______

③ ぎゃ→______　　④ キョ→______

⑤ ギョ→______　　⑥ きゅ→______

二、**克漏字**：請將正確的假名填入空格內

① ______うり（黃瓜）　　② ______ンドル（蠟燭）

③ じゅ______う（授課、教課）　　④ ______ラリー（美術館、展覽館）

⑤ ______うだい（兄弟姐妹）　　⑥ ______ンプ（帳蓬）

⑦ ______く（客人、顧客）　　⑧ ______ウザ（鍋貼）

⑨ にん______う（洋娃娃、玩偶）　　⑩ ______ル（辣妹）

三、**選擇練習**：請根據中文意思選出正確的單字

______（1）呼吸　① こきょう　② こきゅう

______（2）取消　① キャンセル　② キャンゼル

______（3）賭博　① ギャンブル　② キャンブル

______（4）捕手　① キャッチャー　② キャチャー

______（5）緊緊地　① ぎゅうと　② ぎゅっと

51.MP3

四、**重音練習**：請為單字找出正確的重音

______（1）①キューピッド　②キューピッド　______（2）①ぎゃく　②ぎゃく

______（3）①きょうだい　②きょうだい　______（4）①キャベツ　②キャベツ

五、辨字練習：請根據羅馬拼音選出正確的單字

		①	②
______	（1）kyu u ri（黃瓜）	①きゅうり	②きゅり
______	（2）gyo u za（鍋貼）	①ギヨウザ	②ギョウザ
______	（3）kya sya（苗條、纖瘦）	①きゃしゃ	②ぎゃしゃ
______	（4）gyu u nyu u（牛奶）	①きゅうにゅう	②ぎゅうにゅう
______	（5）ju gyo u（授課）	①じゅうぎょう	②じゅぎょう

六、連連看：請依照插圖，選出正確的日文單字

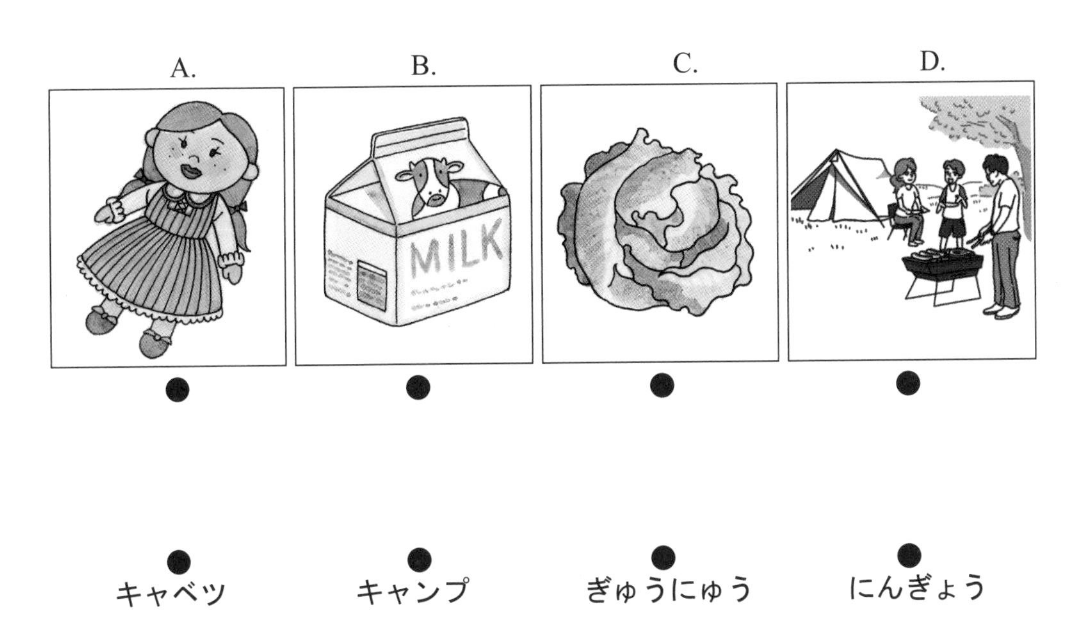

☞習題解答

一、①キョ②ぎゅ③ギャ④きょ⑤ぎょ⑥キュ

二、①きゅ②キャ③ぎょ④ギャ⑤きょ⑥キャ⑦きゃ⑧ギョ⑨ぎょ⑩ギャ

三、②①①①②

四、①②②①

五、①②①②②

六、A. にんぎょう B. ぎゅうにゅう C. キャベツ D. キャンプ

平假名書寫練習

52.MP3

sha しゃ	しゃ	しゃ	しゃ	しゃ	しゃ	しゃ

發音方法：類似國語的「蝦」，尾音再稍稍拉長。

shu しゅ	しゅ	しゅ	しゅ	しゅ	しゅ	しゅ

發音方法：類似注音的「ㄒㄧㄨ」，尾音再稍稍拉長。

sho しょ	しょ	しょ	しょ	しょ	しょ	しょ

發音方法：類似國語的「修」，尾音再稍稍拉長。

ja じゃ	じゃ	じゃ	じゃ	じゃ	じゃ	じゃ

發音方法：類似國語的「家」，尾音再稍稍拉長。

ju じゅ	じゅ	じゅ	じゅ	じゅ	じゅ	じゅ

發音方法：類似注音的「ㄐㄧㄨ」，尾音再稍稍拉長。

jo じょ	じょ	じょ	じょ	じょ	じょ	じょ

發音方法：類似國語的「糾」，尾音再稍稍拉長。

單字練習（しゃ·しゅ·しょ、じゃ·じゅ·じょ）

53.MP3

0 **かいしゃ**
ka i sha
【会社】
公司

2 **じどうしゃ**
ji do u sha
【自動車】
汽車

1 **しゅみ**
shu mi
【趣味】
興趣、嗜好

1 **かしゅ**
ka shu
【歌手】
歌手

1 **じしょ**
ji sho
【辞書】
辭典

0 **しょうせつ**
sho u se tsu
【小説】
小說

1 **じんじゃ**
ji n ja
【神社】
神社

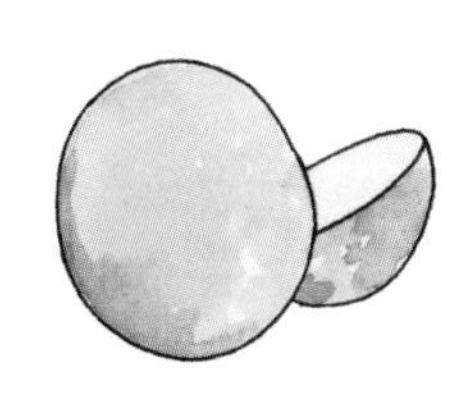

0 **じゃがいも**
ja ga i mo
【じゃが芋】
馬鈴薯

0 **じゅうたい**
ju u ta i
【渋滞】
（交通）阻塞

3 **がいろじゅ**
ga i ro ju
【街路樹】
行道樹

3 **じょうず**
jo u zu
【上手】
高明、拿手

3 **ねんがじょう**
ne n ga jo u
【年賀状】
賀年卡

片假名書寫練習

sha

シャ

シャ	シャ	シャ	シャ	シャ	シャ

發音方法：類似國語的「蝦」，尾音再稍稍拉長。

shu

シュ

シュ	シュ	シュ	シュ	シュ	シュ

發音方法：類似注音的「ㄒㄧㄨ」，尾音再稍稍拉長。

sho

ショ

ショ	ショ	ショ	ショ	ショ	ショ

發音方法：類似國語的「修」，尾音再稍稍拉長。

ja

ジャ

ジャ	ジャ	ジャ	ジャ	ジャ	ジャ

發音方法：類似國語的「家」，尾音再稍稍拉長。

ju

ジュ

ジュ	ジュ	ジュ	ジュ	ジュ	ジュ

發音方法：類似注音的「ㄐㄧㄨ」，尾音再稍稍拉長。

jo

ジョ

ジョ	ジョ	ジョ	ジョ	ジョ	ジョ

發音方法：類似國語的「糾」，尾音再稍稍拉長。

單字練習（シャ・シュ・ショ、ジャ・ジュ・ジョ）

54.MP3

1 シャツ
sha tsu
【shirt】
襯衫

1 シャンプー
sha n pu u
【shampoo】
洗髮精

1 ティッシュ
ti sshu
【tissue】
面紙

1 シューマン
shu u ma n
【Schumann】
（音樂家）舒曼

1 クッション
ku sshu n
【cushion】
軟墊、椅墊

1 ショッピング
sho ppi n gu
【shopping】
血拼、購物

1 パジャマ
pa ja ma
【pajamas】
兩件式睡衣

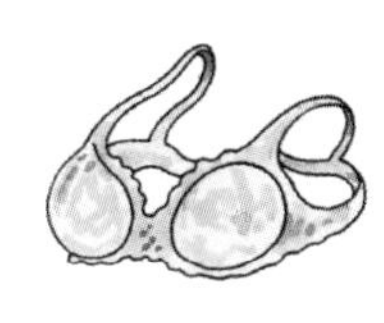

2 ブラジャー
bu ra ja a
【brassiere】
胸罩、內衣

1 ジュース
ju u su
【juice】
果汁

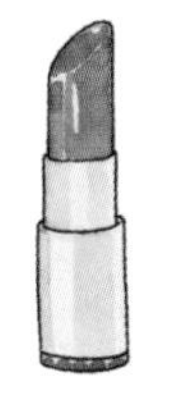

1 ルージュ
ru u ju
【rouge】
口紅、唇膏

1 ジョッキ
jo kki
【jug】
（有把手的）啤酒杯

0 ジョギング
jo gi n gu
【jogging】
慢跑

應用練習

一、改寫練習：將平假名轉換成片假名，或將片假名轉換成平假名

例 きゃ→ キャ　　キャ→ きゃ

① しゃ→______　　② シュ→______

③ じょ→______　　④ ジョ→______

⑤ ジュ→______　　⑥ じゃ→______

二、克漏字：請將正確的假名填入空格內

① ______ツ（襯衫）　　② クッ______ン（軟墊、椅墊）

③ じどう______（汽車）　　④ ブラ______ー（胸罩、內衣）

⑤ じ______（辭典）　　⑥ ______ギング（慢跑）

⑦ ______うず（高明、拿手）　　⑧ ティッ______（面紙）

⑨ ______うせつ（小說）　　⑩ ルー______（口紅、唇膏）

三、選擇練習：請根據中文意思選出正確的單字

______（1）馬鈴薯　① しゃがいも　② じゃがいも

______（2）賀年卡　① ねんがしょう　② ねんがじょう

______（3）神社　① じんじゃ　② じんしゃ

______（4）兩件式睡衣　① バジャマ　② パジャマ

______（5）洗髮精　① シャンプー　② シャンブー

55.MP3

四、重音練習：請爲單字找出正確的重音

______（1）①クッション ②クッション　　______（2）①がいろじゅ ②がいろじゅ

______（3）①かしゅ ②かしゅ　　______（4）①ショッピング ②ショッピング

五、辨字練習：請根據羅馬拼音選出正確的單字

______（1）ka i sha（公司）　①かいしゃ　②がいしゃ

______（2）jo gi n gu（慢跑）　①ジョウギング　②ジョギング

______（3）bu ra ja a（內衣）　①ブラジャー　②ブラージャ

______（4）ju u ta i（交通阻塞）　①じゅうたい　②しゅうだい

______（5）shu mi（興趣、嗜好）　①じゅみ　②しゅみ

六、連連看：請依照插圖，選出正確的日文單字

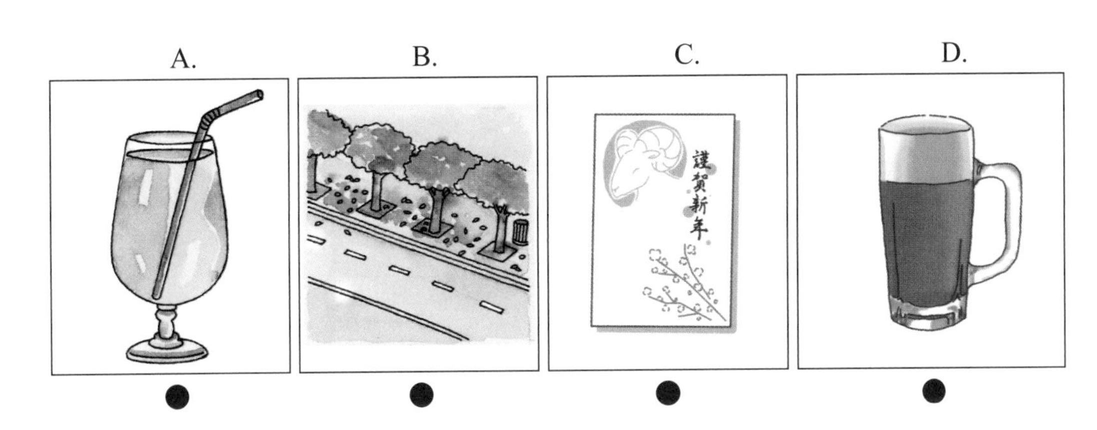

ジュース　　ジョッキ　　ねんがじょう　　がいろじゅ

☞習題解答

一、①シャ②しゅ③ジョ④じょ⑤じゅ⑥ジャ

二、①シャ②ショ③しゃ④ジャ⑤しょ⑥ジョ⑦じょ⑧シュ⑨しょ⑩ジュ

三、②②①②①

四、①①①②

五、①②①①②

六、A. ジュース B. がいろじゅ C. ねんがじょう D. ジョーク

假名書寫練習

cha ちゃ	ちゃ	ちゃ	ちゃ	ちゃ	ちゃ	ちゃ

發音方法：類似國語的「掐」，尾音再稍稍拉長。

chu ちゅ	ちゅ	ちゅ	ちゅ	ちゅ	ちゅ	ちゅ

發音方法：類似注音的「ㄑ一ㄨ」，尾音再稍稍拉長。

cho ちょ	ちょ	ちょ	ちょ	ちょ	ちょ	ちょ

發音方法：類似國語的「邱」，尾音再稍稍拉長。

cha チャ	チャ	チャ	チャ	チャ	チャ	チャ

發音方法：類似國語的「掐」，尾音再稍稍拉長。

chu チュ	チュ	チュ	チュ	チュ	チュ	チュ

發音方法：類似注音的「ㄑ一ㄨ」，尾音再稍稍拉長。

cho チョ	チョ	チョ	チョ	チョ	チョ	チョ

發音方法：類似國語的「邱」，尾音再稍稍拉長。

單字練習（ちゃ·ちゅ·ちょ、チャ·チュ·チョ）

57.MP3

2 おもちゃ
o mo cha
【玩具】
玩具

0 まっちゃ
ma ccha
【抹茶】
抹茶

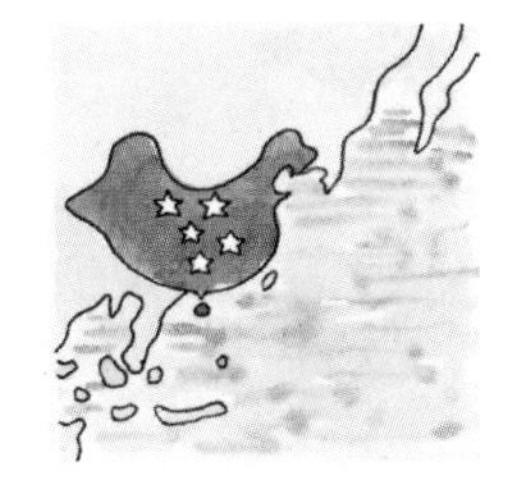

1 ちゅうごく
chu u go ku
【中国】
中國

3 ちゅうしゃじょう
chu u sha jo u
【駐車場】
停車場

1 ちょうちょう
cho u cho u
【蝶々】
蝴蝶

3 ちょうちん
cho u chi n
【提灯】
手提燈籠

1 チャーハン
cha a ha n
【(中)炒飯】
炒飯

1 チャレンジ
cha re n ji
【challenge】
挑戰

2 シチュー
shi chu u
【stew】
（西餐中的）燉品

1 チューリップ
chu u ri ppu
【tulip】
鬱金香

1 チョーク
cho o ku
【chalk】
粉筆

3 チョコレート
cho ko re e to
【chocolate】
巧克力

假名書寫練習

58.MP3

nya にゃ	にゃ	にゃ	にゃ	にゃ	にゃ	にゃ

發音方法：類似注音的「ㄋㄧㄚ」，尾音再稍稍拉長。

nyu にゅ	にゅ	にゅ	にゅ	にゅ	にゅ	にゅ

發音方法：類似注音的「ㄋㄧㄨ」，尾音再稍稍拉長。

nyo にょ	にょ	にょ	にょ	にょ	にょ	にょ

發音方法：類似國語的「妞」，尾音再稍稍拉長。

nya ニャ	ニャ	ニャ	ニャ	ニャ	ニャ	ニャ

發音方法：類似注音的「ㄋㄧㄚ」，尾音再稍稍拉長。

nyu ニュ	ニュ	ニュ	ニュ	ニュ	ニュ	ニュ

發音方法：類似注音的「ㄋㄧㄨ」，尾音再稍稍拉長。

nyo ニョ	ニョ	ニョ	ニョ	ニョ	ニョ	ニョ

發音方法：類似國語的「妞」，尾音再稍稍拉長。

單字練習（にゃ·にゅ·にょ、ニャ·ニュ·ニョ）

59.MP3

1 にゃあにゃあ
nya a nya a
（貓叫聲）喵～

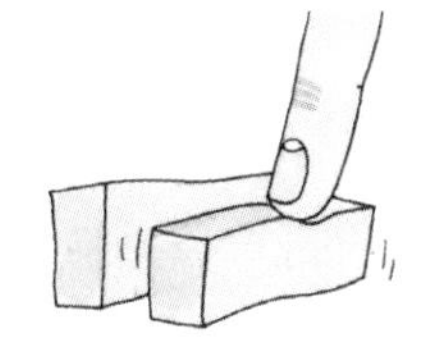

4 こんにゃく
ko n nya ku
【蒟蒻】
蒟蒻

0 にゅうがく
nyu u ga ku
【入学】
入學

0 にゅうこく
nyu u ko ku
【入国】
入國、入境

3 にゅうよく
nyu u yo ku
【入浴】
入浴、沐浴

1 にゅうぎゅう
nyu u gyu u
【乳牛】
乳牛

1 にょうぼう
nyo u bo u
【女房】
妻子

1 にょうい
nyu u i
【尿意】
尿意

1 メニュー
me nyu u
【menu】
菜單

1 ニュース
nyu u su
【news】
新聞

3 ニューヨーク
nyu u yo o ku
【New York】
紐約

2 ニュアンス
nyu a n su
【nuance】
語感、語氣

應用練習

一、**改寫練習**：將平假名轉換成片假名，或將片假名轉換成平假名

例 きゃ→ キャ　　キャ→ きゃ

① チュ→________　　② にゃ→________

③ ちゃ→________　　④ にゅ→________

⑤ ニョ→________　　⑥ ちょ→________

二、**克漏字**：請將正確的假名填入空格內

① おも________（玩具）

② ________ーハン（炒飯）

③ ________うぼう（妻子）

④ ________ース（新聞）

⑤ ________うがく（入學）

⑥ メ________ー（菜單）

⑦ こん________く（蒟蒻）

⑧ ________ーヨーク（紐約）

⑨ ________うしゃじょう（停車場）

⑩ ________コレート（巧克力）

三、**選擇練習**：請根據中文意思選出正確的單字

______（1）鬱金香　① チューリップ　② シューリップ

______（2）抹茶　① まっちゃ　② まっちや

______（3）尿意　① にょうい　② にようい

______（4）貓叫聲　① にやあにやあ　② にゃあにゃあ

______（5）粉筆　① チョーク　② チョック

60.MP3

四、**重音練習**：請爲單字找出正確的重音

______（1）①ちゅうしゃじょう　②ちゅうしゃじょう

______（2）①こんにゃく　②こんにゃく

______（3）①チャレンジ　②チャレンジ

______（4）①シチュー　②シチュー

五、辨字練習：請根據羅馬拼音選出正確的單字

______	（1）me nyu u（菜單）	①メーニュ	②メニュー
______	（2）cho ko re e to（巧克力）	①チョコレート	②チョーコレト
______	（3）nyu u gyu u（乳牛）	①にゅうぎょう	②にゅうぎゅう
______	（4）cho o chi n（手提燈籠）	①ちょうちん	②ちようちん
______	（5）nyu a n su（語感、語氣）	①ニュアンス	②ニューアンス

六、連連看：請依照插圖，選出正確的日文單字

おもちゃ　　ちょうちょう　　にゅうよく　　にょうぼう

☞習題解答

一、①ちゅ②ニャ③チャ④ニュ⑤にょ⑥チョ

二、①ちゃ②チャ③にょ④ニュ⑤にゅ⑥ニュ⑦にゃ⑧ニュ⑨ちゅ⑩チョ

三、①①①②①

四、②②①②

五、②①②①①

六、A. ちょうちょう B. おもちゃ C. にょうぼう D. にゅうよく

書寫練習

61.MP3

hya ひゃ	ひゃ	ひゃ	ひゃ	ひゃ	ひゃ	ひゃ

發音方法：類似注音的「ㄏㄧㄚ」，尾音再稍稍拉長。

hyu ひゅ	ひゅ	ひゅ	ひゅ	ひゅ	ひゅ	ひゅ

發音方法：類似注音的「ㄏㄧㄨ」，尾音再稍稍拉長。

hyo ひょ	ひょ	ひょ	ひょ	ひょ	ひょ	ひょ

發音方法：類似注音的「ㄏㄧㄡ」，尾音再稍稍拉長。

hya ヒャ	ヒャ	ヒャ	ヒャ	ヒャ	ヒャ	ヒャ

發音方法：類似注音的「ㄏㄧㄚ」，尾音再稍稍拉長。

hyu ヒュ	ヒュ	ヒュ	ヒュ	ヒュ	ヒュ	ヒュ

發音方法：類似注音的「ㄏㄧㄨ」，尾音再稍稍拉長。

hyo ヒョ	ヒョ	ヒョ	ヒョ	ヒョ	ヒョ	ヒョ

發音方法：類似注音的「ㄏㄧㄡ」，尾音再稍稍拉長。

62.MP3

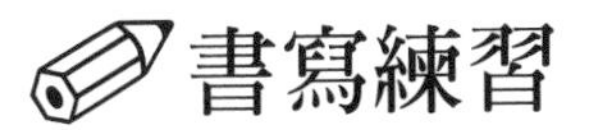

書寫練習

bya びゃ	びゃ	びゃ	びゃ	びゃ	びゃ	びゃ

發音方法：類似注音的「ㄅ一ㄚ」，尾音再稍稍拉長。

byu びゅ	びゅ	びゅ	びゅ	びゅ	びゅ	びゅ

發音方法：類似注音的「ㄅ一ㄨ」，尾音再稍稍拉長。

byo びょ	びょ	びょ	びょ	びょ	びょ	びょ

發音方法：類似注音的「ㄅ一ㄡ」，尾音再稍稍拉長。

bya ビャ	ビャ	ビャ	ビャ	ビャ	ビャ	ビャ

發音方法：類似注音的「ㄅ一ㄚ」，尾音再稍稍拉長。

byu ビュ	ビュ	ビュ	ビュ	ビュ	ビュ	ビュ

發音方法：類似注音的「ㄅ一ㄨ」，尾音再稍稍拉長。

byo ビョ	ビョ	ビョ	ビョ	ビョ	ビョ	ビョ

發音方法：類似注音的「ㄅ一ㄡ」，尾音再稍稍拉長。

書寫練習

63.MP3

pya ぴゃ	ぴゃ	ぴゃ	ぴゃ	ぴゃ	ぴゃ	ぴゃ

發音方法：類似注音的「ㄆーㄚ」，尾音再稍稍拉長。

pyu ぴゅ	ぴゅ	ぴゅ	ぴゅ	ぴゅ	ぴゅ	ぴゅ

發音方法：類似注音的「ㄆーㄨ」，尾音再稍稍拉長。

pyo ぴょ	ぴょ	ぴょ	ぴょ	ぴょ	ぴょ	ぴょ

發音方法：類似注音的「ㄆーㄡ」，尾音再稍稍拉長。

pya ピャ	ピャ	ピャ	ピャ	ピャ	ピャ	ピャ

發音方法：類似注音的「ㄆーㄚ」，尾音再稍稍拉長。

pyu ピュ	ピュ	ピュ	ピュ	ピュ	ピュ	ピュ

發音方法：類似注音的「ㄆーㄨ」，尾音再稍稍拉長。

pyo ピョ	ピョ	ピョ	ピョ	ピョ	ピョ	ピョ

發音方法：類似注音的「ㄆーㄡ」，尾音再稍稍拉長。

64.MP3

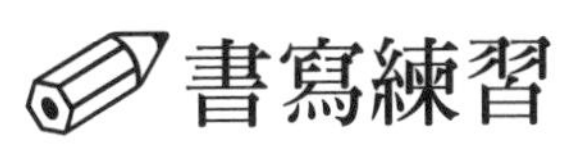

書寫練習

mya みゃ	みゃ	みゃ	みゃ	mya ミャ	ミャ	ミャ	ミャ

發音方法：類似注音的「ㄇ一ㄚ」，尾音再稍稍拉長。

myu みゅ	みゅ	みゅ	みゅ	myu ミュ	ミュ	ミュ	ミュ

發音方法：類似注音的「ㄇ一ㄨ」，尾音再稍稍拉長。

myo みょ	みょ	みょ	みょ	myo ミョ	ミョ	ミョ	ミョ

發音方法：類似注音的「ㄇ一ㄡ」，尾音再稍稍拉長。

rya りゃ	りゃ	りゃ	りゃ	rya リャ	リャ	リャ	リャ

發音方法：類似注音的「ㄌ一ㄚ」，尾音再稍稍拉長。

ryu りゅ	りゅ	りゅ	りゅ	ryu リュ	リュ	リュ	リュ

發音方法：類似注音的「ㄌ一ㄨ」，尾音再稍稍拉長。

ryo りょ	りょ	りょ	りょ	ryo リョ	リョ	リョ	リョ

發音方法：類似注音的「ㄌ一ㄡ」，尾音再稍稍拉長。

65.MP3

單字練習

（ひゃ·ひゅ·ひょ、びゃ·びゅ·びょ、ぴゃ·ぴゅ·ぴょ、ヒャ·ヒュ·ヒョ、ビャ·ビュ·ビョ、ピャ·ピュ·ピョ）

[2] ひゃく
hya ku
【百】
一百

[1] ひゅうひゅう
hyu u hyu u
（強風）颼颼地吹

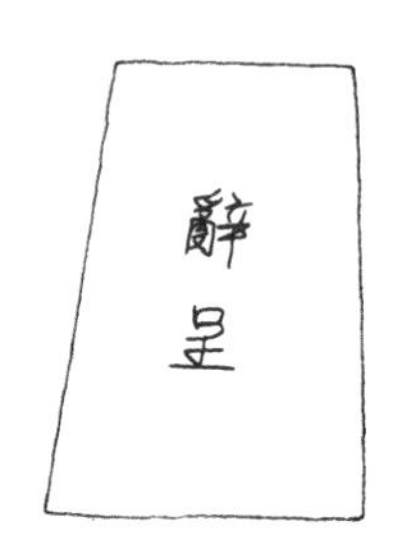

[0] じひょう
ji hyo u
【辞表】
辭呈

[1] びゃくや
bya ku ya
【白夜】
白夜、永晝

[0] びょういん
byo u i n
【病院】
醫院

[0] びょうき
byo u ki
【病気】
生病

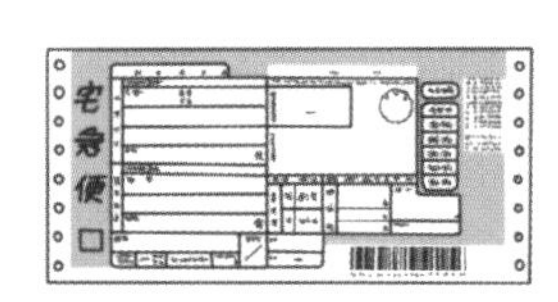

[0] でんぴょう
de n pyo u
【伝票】
發票、傳票

[0] なんびょう
na n byo u
【難病】
難治之病

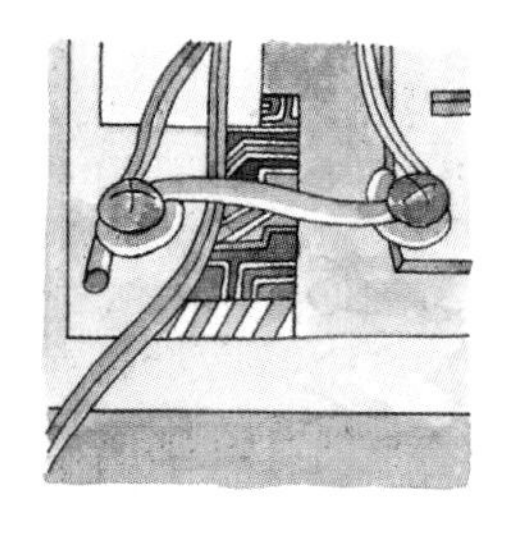

[1] ヒューズ
hyu u zu
【fuse】
保險絲

[0] ヒュームかん
hyu u mu ka n
【ヒューム管】
鋼筋混凝土管

66.MP3

單字練習（みゃ·みゅ·みょ、りゃ·りゅ·りょ、ミャ·ミュ·ミョ、リャ·リュ·リョ）

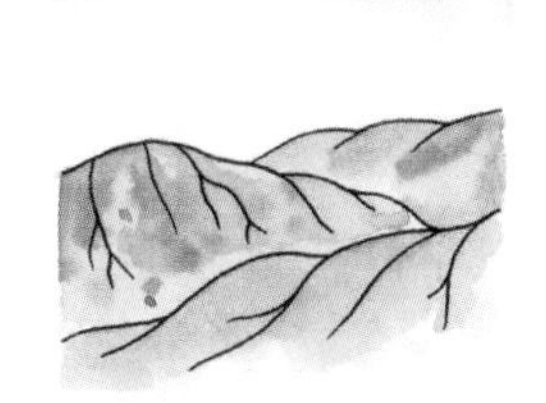

0 さんみゃく
sa n mya ku
【山脈】
山脈

1 みょうにち
myo u ni chi
【明日】
明天

1 みょうじ
myo u ji
【苗字】
姓

0 しょうりゃく
sho u rya ku
【省略】
省略

0 りゅうがく
ryu u ga ku
【留学】
留學

0 りょこう
ryo ko u
【旅行】
旅行

0 りょうがえ
ryu u ga e
【両替】
（外幣）兌換

1 ミュージック
myu u ji kku
【music】
音樂

1 リュート
ryu u to
【lute】
（文藝復興時期的一種撥弦樂器）
魯特琴

4 リュックサック
ryu kkn sa kku
【rucksack】
（登山或旅行用的）
帆布背包

應用練習

一、**改寫練習**：將平假名轉換成片假名，或將片假名轉換成平假名

例 きゃ→キャ　　キャ→きゃ

① ビョ→＿＿＿＿　　② みゅ→＿＿＿＿

③ ひゅ→＿＿＿＿　　④ ヒョ→＿＿＿＿

⑤ リュ→＿＿＿＿　　⑥ りょ→＿＿＿＿

二、**克漏字**：請將正確的假名填入空格內

① ＿＿＿＿うがく（留學）

② ＿＿＿＿ージック（音樂）

③ ＿＿＿＿こう（旅行）

④ ＿＿＿＿ート（魯特琴）

⑤ ＿＿＿＿く（一百）

⑥ ＿＿＿＿ームかん（鋼筋混凝土管）

⑦ さん＿＿＿＿く（山脈）

⑧ じ＿＿＿＿う（辭職信）

⑨ ＿＿＿＿うき（生病）

⑩ ＿＿＿＿ックサック（帆布背包）

三、**選擇練習**：請根據中文意思選出正確的單字

＿＿＿（1）強風颼颼地吹　① ひゆうひゆう　② ひゅうひゅう

＿＿＿（2）難治之病　① なんびょう　② なんぴょう

＿＿＿（3）兌換外幣　① りょうがえ　② りゅうがえ

＿＿＿（4）姓　① みようじ　② みょうじ

＿＿＿（5）白夜、永晝　① びゃくや　② ぴゃくや

67.MP3

四、**重音練習**：請為單字找出正確的重音

＿＿＿（1）①びょうき ②びょうき　＿＿＿（2）①ヒュームかん ②ヒュームかん

＿＿＿（3）①ヒューズ ②ヒューズ　＿＿＿（4）①みょうにち ②みょうにち

五、辨字練習：請根據羅馬拼音選出正確的單字

______（1）myu u ji kku（音樂）　①ミュージック　②ミュージーク

______（2）de n pyo u （發票、傳票）　①でんびょう　②でんぴょう

______（3）hya ku（一百）　①ぴゃく　②ひゃく

______（4）sho u rya ku（省略）　①しょうりゃく　②しゅうりゃく

______（5）myo u ji（姓）　①みようじ　②みょうじ

六、連連看：請依照插圖，選出正確的日文單字

A.

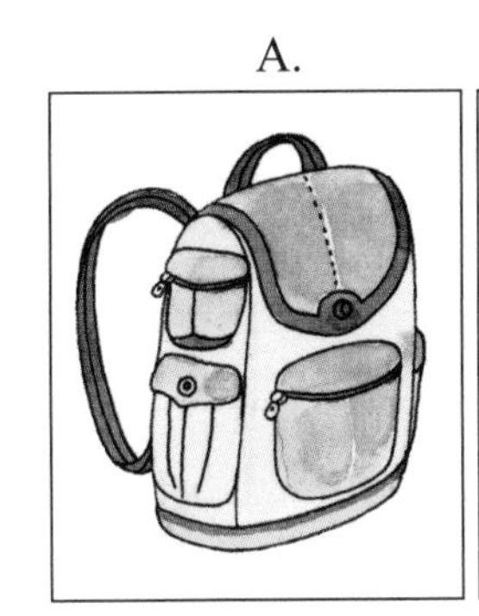

B.

C.

D.

びょういん　さんみゃく　りょこう　リュックサック

☞習題解答

一、①びょ②ミュ③ヒュ④ひょ⑤りゅ⑥リョ

二、①りゅ②ミュ③りょ④リュ⑤ひゃ⑥ヒュ⑦みゃ⑧ひょ⑨びょ⑩リュ

三、②①①②①

四、①②①②

五、①②②①②

六、A. リュックサック B. さんみゃく C. びょういん D. りょこう

50音綜合練習篇 五十音総合練習の編

日文裡有清音、濁音、半濁音、拗音、長音、促音、平假名、片假名，你是不是已經覺得一個頭兩個大了呢？

沒關係！經過前面每一課的「假名書寫練習」、「單字練習」、「隨堂應用練習」，相信你一定能很快地把50音全都記住，也擁有了好多初級程度必備的日語字彙能力吧！

再加油一下！這個單元是50音綜合練習，通過這個測驗，讓50音再也難不倒你！

一、連連看：請把相同發音的假名連在一起

例：

え・	・イ
お・	・ア
う・	・エ
い・	・ウ
あ・	・オ

（1）

ず・	・バ
だ・	・ズ
ば・	・ガ
な・	・ダ
が・	・ナ

（2）

ら・	・ル
れ・	・ロ
る・	・リ
り・	・ラ
ろ・	・レ

（3）

め・	・ミ
む・	・マ
み・	・ム
ま・	・モ
も・	・メ

（4）

く・	・ケ
か・	・キ
き・	・コ
け・	・カ
こ・	・ク

（5）

つ・	・テ
て・	・タ
と・	・チ
た・	・ツ
ち・	・ト

（6）

べ・	・ポ
ぽ・	・ブ
ぶ・	・ピ
ぱ・	・ベ
ぴ・	・パ

（7）

じゃ・	・シュ
しゅ・	・チュ
じょ・	・ジョ
ちゅ・	・チョ
ちょ・	・ジャ

（8）

ぴょ・	・ビャ
ひゅ・	・ビュ
びゃ・	・ピョ
ひょ・	・ヒュ
びゅ・	・ヒョ

（9）

にゅ・	・チャ
にょ・	・ニュ
ちゃ・	・ヂャ
にゃ・	・ニョ
ぢゃ・	・ニャ

（10）

みゅ・	・ミャ
りょ・	・ミョ
みゃ・	・ミュ
りゅ・	・リョ
みょ・	・リュ

二、單字記憶大考驗：請依照所提示的中文意思及羅馬拼音，寫出正確的日文

68.MP3

例：足、腳　a shi→ あ し

	中文意思	羅馬拼音	日文
(1)	百貨公司	〔de pa a to〕	デ パ ー ト
(2)	長頸鹿	〔ki ri n〕	□□□
(3)	甜甜圈	〔do o na tsu〕	□□□□
(4)	冷氣機	〔ku u ra a〕	□□□□
(5)	蛋糕	〔ke e ki〕	□□□
(6)	櫻花	〔sa ku ra〕	□□□
(7)	牛奶	〔mi ru ku〕	□□□
(8)	毛衣	〔se e ta a〕	□□□□

中文意思	羅馬拼音	日文
(9) 天氣	〔te n ki〕	□□□
(10) 連續劇	〔do ra ma〕	□□□
(11) 星星	〔ho shi〕	□□
(12) 窗戶	〔ma do〕	□□
(13) 壽司	〔o su shi〕	□□□
(14) 遊樂園	〔yu u e n chi〕	□□□□□
(15) 蘋果	〔ri n go〕	□□□
(16) 報紙	〔shi n bu n〕	□□□□
(17) 學校	〔ga kko u〕	□□□□
(18) 吉他	〔gi ta a〕	□□□
(19) 雜誌	〔za sshi〕	□□□
(20) 廚房	〔da i do ko ro〕	□□□□□
(21) 香蕉	〔ba na na〕	□□□
(22) 車票、票券	〔ki ppu〕	□□□
(23) 洋娃娃、玩偶	〔ni n gyo u〕	□□□□□

中文意思	羅馬拼音	日文
(24) 神社	〔ji n ja〕	□□□□
(25) 面紙	〔ti sshu〕	□□□□□
(26) 蒟蒻	〔ko n nya ku〕	□□□□□
(27) 辭呈	〔ji hyo o〕	□□□□
(28) 旅行	〔ryo ko o〕	□□□□
(29) 窗簾、布幕	〔ka a te n〕	□□□□
(30) 香腸	〔so o se e ji〕	□□□□□
(31) 廁所	〔to i re〕	□□□
(32) 乳酸菌、優格	〔yo o gu ru to〕	□□□□□
(33) 葡萄酒	〔wa i n〕	□□□
(34) 禮物	〔pu re ze n to〕	□□□□□
(35) 小包、包裹	〔ko zu tsu mi〕	□□□□
(36) 薰衣草	〔ra be n da a〕	□□□□□
(37) 鋼琴	〔pi a no〕	□□□
(38) 牛奶	〔gyu u nyu u〕	□□□□□□

三、選擇練習：請依照圖示，將正確的日文寫法圈選出來。

例：

	(1)	(2)
(a) ちち (b) はは	(a) うめ (b) つめ	(a) ナイト (b) ナイフ
(3)	(4)	(5)
(a) みぎ (b) みき	(a) ゆうき (b) ゆき	(a) わに (b) にわ
(6)	(7)	(8)
(a) ぎんか (b) きんか	(a) ガーデン (b) カーテン	(a) クリーンビース (b) グリーンピース
(9)	(10)	(11)
(a) キッズ (b) キッス	(a) ドラマ (b) ドレス	(a) ぶどう (b) ふとう

四、文字接龍：請依照下方提示欄中的中文意思，寫出對應的日文說法，字尾的最後一個字必須是下一個語詞的第一個字，或是相同發音的字。 例：**あし→した→たい**

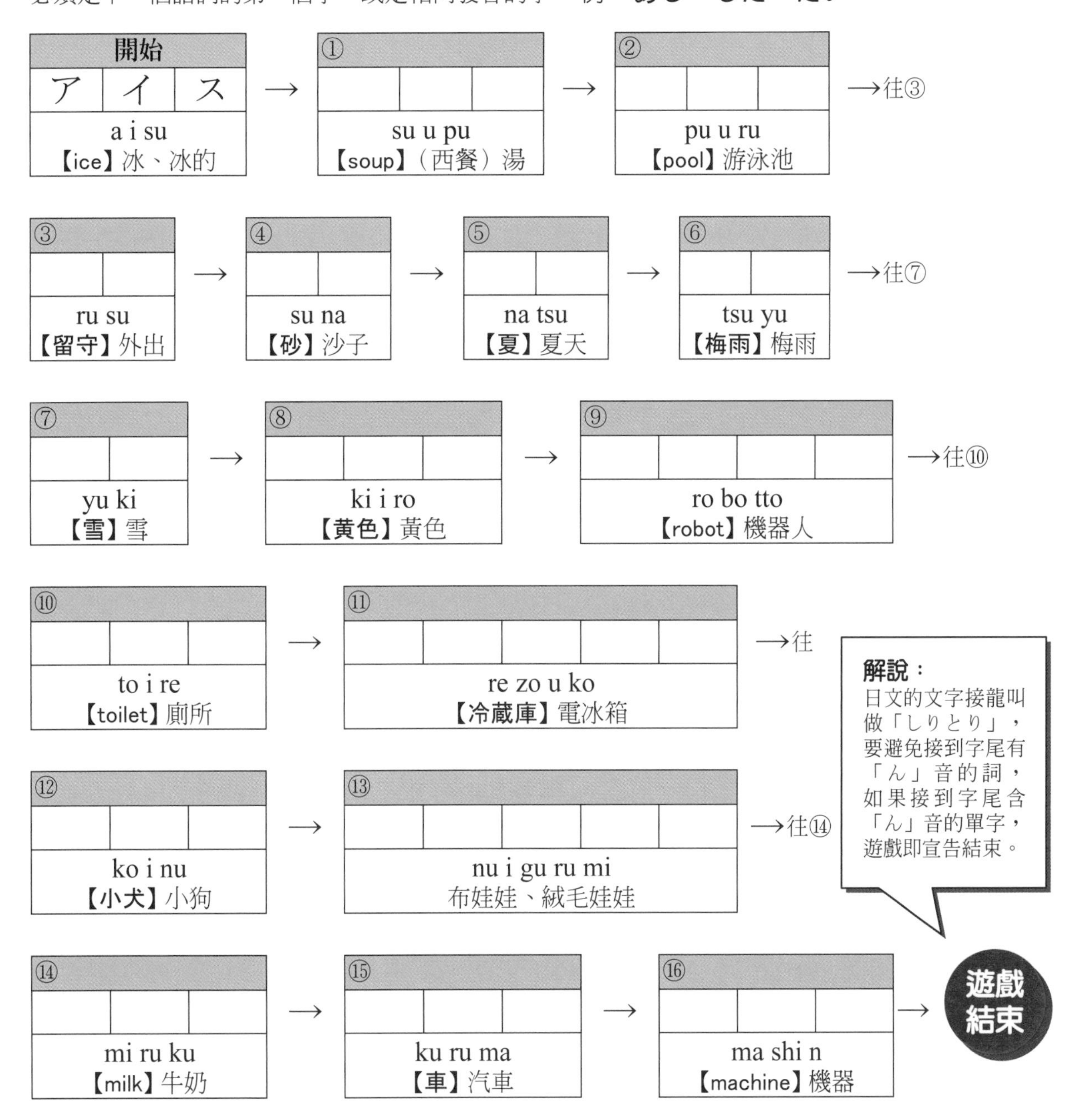

☻ **單字急救箱**：上面的習題答不出來嗎？前面沒教過的單字可以從下面的提示中找到喔！

→おんせん(**温泉**)溫泉、ちゃわん(**茶碗**)茶杯、すな(**砂**)沙子、パンダ(panda)熊貓、カメラ(camera)照相機、きいろ(**黄色**)黃色、くだもの(**果物**)水果、こいぬ(**小犬**)小狗、たまご(**卵**)蛋、つゆ(**梅雨**)梅雨、ぬいぐるみ(**縫いぐるみ**)布娃娃、絨毛玩具、ゆかた(**浴衣**)夏天穿的單件和服、れいぞうこ(**冷蔵庫**)電冰箱、えんぴつ(**鉛筆**)鉛筆、くるま(**車**)汽車、はんこ(**判子**)印章、ふうせん(**風船**)汽球、マシン(machine)機器、さかな(**魚**)魚、リモコン 遙控器、ことり(**小鳥**)小鳥、むしば(**虫歯**)蛀牙、すもう(**相撲**)相撲 、いちご(**苺**)草莓

第一課（だいいっか）　あいさつ

打招呼、問候

▶練習日常生活中早、中、晚慣用的問候語。

一、會話練習：

69.MP3

句型 1

A：おはようございます。
B：おはようございます。

A：早安！
B：早安！

❥這是一句每天早晨與人見面時的標準問候語，通常在早上10點之前來使用，除了面對長輩、上司、或較正式的場合之外，對晚輩、平輩、同事或朋友，皆可以省略「ございます」，只說「おはよう」即可。

句型 2

A：こんにちは。
B：こんにちは。

A：你好（午安）！
B：你好（午安）！

❥這是一句白天與人見面或登門拜訪時所使用的問候語，由於這句話並不是很鄭重，應盡量避免使用於上司或長輩。

句型 3

A：こんばんは。
B：こんばんは。

A：晚安！
B：晚安！

❥「こんばんは」是夜間碰到人時所使用的問候語，或是在晚上對於前來拜訪的人所使用的招呼語。

句型 4

A：おやすみなさい。
B：おやすみなさい。
A：晚安，請休息！
B：晚安！

「こんばんは」和「おやすみなさい」的中文意思雖然都是「晚安」，但用法卻不太一樣喔！「こんばんは」一般用於傍晚以後，是晚上與人見面或拜訪時的問候語；而「おやすみなさい」則是在就寢前互道晚安或道別時使用。

句型 5

A：お元気(げんき)ですか。
B：おかげさまで、元気(げんき)です。
A：你好嗎？
B：託您的福，很好！

當對方與你寒暄過後，接下來可以回答「お元気(げんき)ですか」表示問好，此時，對方則會回應「おかげさまで」或是「おかげさまで、元気(げんき)です」表示感激別人的關心，是一種比較謙遜的說法。
此外，當「お元気(げんき)ですか」用於比較久沒見面的友人時，前面會先加一句「お久(ひさ)し振(ぶ)りですね」，接著再問「お元気(げんき)ですか」，表示「好久不見，你好嗎？」。

句型 6

A：さようなら。
B：また明日(あした)。
A：再見！
B：明天見！

對於每天都見面或經常見面的人，在道別時通常會說「じゃ、また」或「それではまた」。至於「さようなら」或「さよなら」則於比較長久的分別時使用。「さようなら」也可以說成「さよなら」。

句型 7

A：どうも、ありがとうございます。
B：いいえ、どういたしまして。
A：謝謝你！
B：不客氣。

「どうも」表示「實在…、真是太…」的意思，用在「ありがとう」前面有加強語氣的功能，表示「實在是太感激了！」的意思。至於在面對較親密的朋友或家人時，則可將「ありがとうございます」中的「ございます」省略，說「ありがとう」就可以了。

句型 8

A：ごめんなさい。
B：いいえ、かまいません。
A：對不起！
B：沒關係。

句型 9

A：ただいま。
B：お帰(かえ)りなさい。
A：我回來了！
B：你回來啦！

日本人在進入家門時，無論家裡是否有人，都會對屋內喊一聲「ただいま」（它是「ただいま帰りました」的省略形）。屋內的人通常則回應「お帰り」或「お帰りなさい」，表示迎接。

句型 10

A：行(い)ってきます。
B：行(い)ってらっしゃい。
A：我走了！
B：請慢走。

在出門時，通常會以「行ってきます」來與家人道別，而家中的人則以「行ってらっしゃい」回應，表示「去吧！請慢走。」此句不分日夜皆可使用。

第二課　かず（数）

（ruby: 第二課＝だいにか）

數字的念法

▶練習日文數字的表現法與音便（おんびん）。

70.MP3

助数詞（じょすうし）

0 ゼロ れい	1 いち ひとつ	2 に ふたつ	3 さん みっつ
4 よん (し) よっつ	5 ご いつつ	6 ろく むっつ	7 なな (しち) ななつ
8 はち やっつ	9 く (きゅう) ここのつ	10 じゅう とお	11 じゅういち
12 じゅうに	13 じゅうさん	14 じゅうよん (じゅうし)	15 じゅうご
30 さんじゅう	50 ごじゅう	90 きゅうじゅう	100 ひゃく

＊「ひとつ～とお」是「1個～10個」的意思。

一、會話練習：

句型 1

A：おいくつですか。

B：２４歳です。（ruby: ２４歳＝にじゅうよんさい）

A：請問你幾歲啦？
B：我24歲。

句型 2

A：全部(ぜんぶ)でいくつですか。

B：八(やっ)つです。

A：總共有多少個？
B：有8個。

「いくつ（幾つ）」是詢問數量、年齡時的疑問詞，可以當成副詞使用，用平假名書寫的型式居多。

句型 3

A：ご家族(かぞく)は何人(なんにん)いますか。

B：四人(よにん)います。

A：請問您家裡有幾個人？
B：4個人。

二、單字補給站：

●**數字及金錢的計算**：日本円を数える時に使いなさい。

100：	ひゃく	2000：	にせん
101：	ひゃくいち	3000：	さんぜん
200：	にひゃく	4000：	よんせん
300：	さんびゃく	5000：	ごせん
400：	よんひゃく	6000：	ろくせん
500：	ごひゃく	7000：	ななせん
600：	ろっぴゃく	8000：	はっせん
700：	ななひゃく	9000：	きゅうせん
800：	はっぴゃく	10000：	いちまん
900：	きゅうひゃく	10萬：	じゅうまん
1000：	せん	100萬：	ひゃくまん
1001：	せんいち	1000萬：	いっせんまん

●**人數的計算**：人数を数える時に使いなさい。

幾個人：	なんにん（何人）	7 個人：	しちにん　（七人）
1個人：	ひとり　（一人）	8 個人：	はちにん　（八人）
2個人：	ふたり　（二人）	9 個人：	くにん　（九人）
3個人：	さんにん（三人）	10個人：	じゅうにん　（十人）
4個人：	よにん　（四人）	14個人：	じゅうよにん（十四人）
5個人：	ごにん　（五人）	19個人：	じゅうくにん（十九人）
6個人：	ろくにん（六人）	20個人：	にじゅうにん（二十人）

第三課　わたしたちの体　我們的身體

（だいさんか　からだ）

▶熟記身體各部位的名稱。

71.MP3

一、体（からだ）

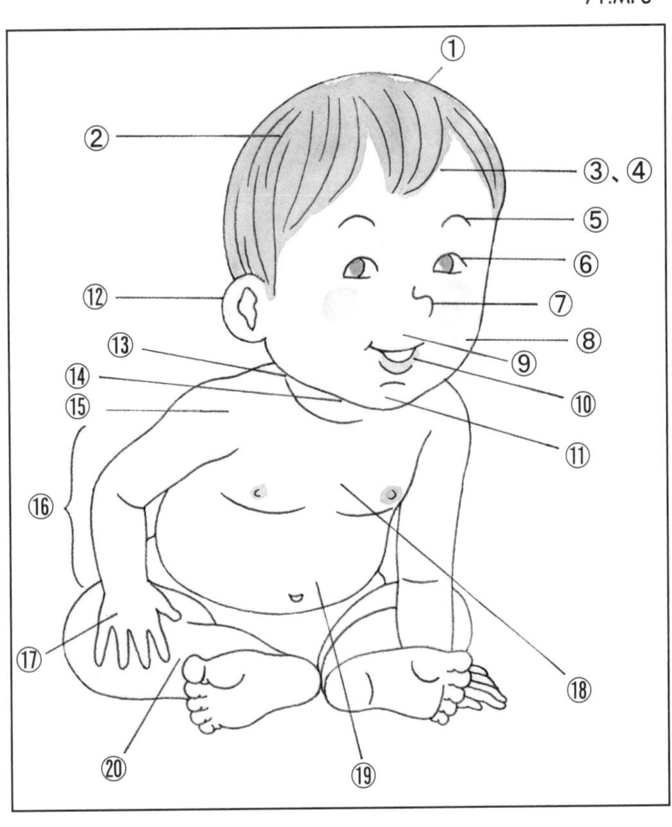

① あたま（頭）[3]　頭
② かみ（髪）[2]　頭髮
③ ひたい（額）[0]　額頭
④ おでこ[2]　額頭
⑤ まゆげ（眉毛）[1]　眉毛
⑥ め（目）[1]　眼睛
⑦ はな（鼻）[0]　鼻子
⑧ ほお･ほほ（頬）[1]　臉頰
⑨ はなのした（鼻の下）[5]
鼻子下方及嘴巴之間的部分
⑩ くち（口）[0]　嘴巴
⑪ あご（顎）[2]　下顎
⑫ みみ（耳）[2]　耳朵
⑬ くび（首）[0]　頸子、脖子
⑭ のど（喉）[1]　喉嚨
⑮ かた（肩）[1]　肩、肩膀
⑯ うで（腕）[2]　手臂
⑰ て（手）[1]　手
⑱ むね（胸）[2]　胸部
⑲ おなか（お腹）[0]　肚子
⑳ あし（足）[2]　腳

二、め（目）

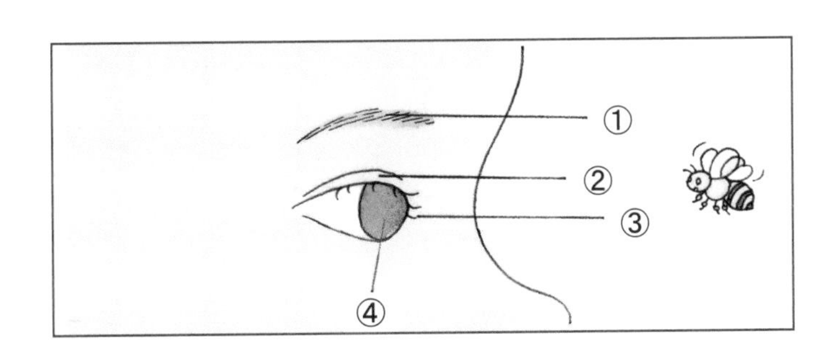

① まゆ（眉）[1]　眉毛
② まぶた（瞼）[1]　眼瞼
③ まつげ（睫）[1]　睫毛
④ ひとみ（瞳）[2][0]　瞳孔

三、くち（口）

① くちびる（唇）[0]　嘴唇
② は（歯）[1]　牙齒
③ した（舌）[2]　舌頭

四、せなか（背中）

① くび（首）[0]　頸子、脖子
② せなか（背中）[0]　背、背部
③ こし（腰）[0]　腰
④ ひじ（肘）[2]　手肘
⑤ しり（尻）[2]　臀部
⑥ ひざ（膝）[0]　膝蓋
⑦ かかと（踵）[0]　腳跟

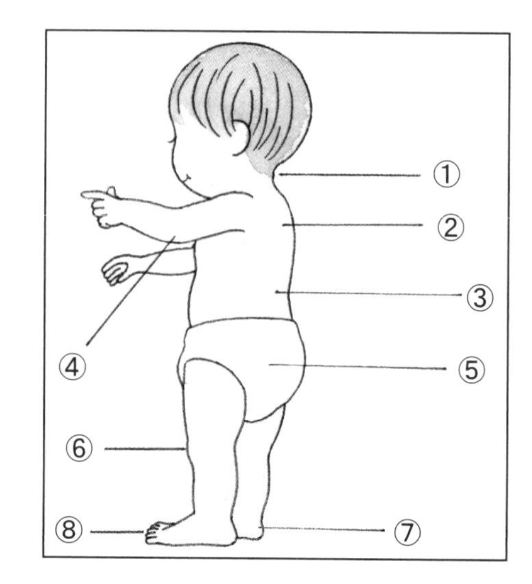

五、ゆび（指）

① おやゆび（親指）[0]　大姆指
② ひとさしゆび（人差し指）[4]　食指
③ なかゆび（中指）[2]　中指
④ くすりゆび（薬指）[3]　無名指
⑤ こゆび（小指）[0]　小指

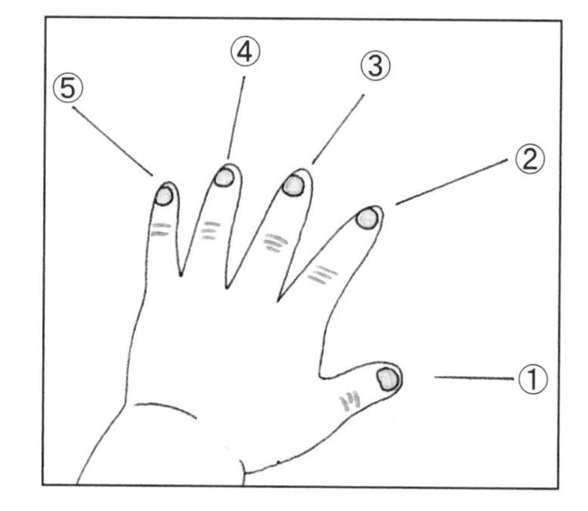

六、あし（足）

① あしのゆび（足の指）　腳趾
② あしのこう（足の甲）　腳背
③ あしのうら（足の裏）　腳底
④ つちふまず（土踏まず）　足弓
⑤ つまさき（爪先）[0]　腳尖

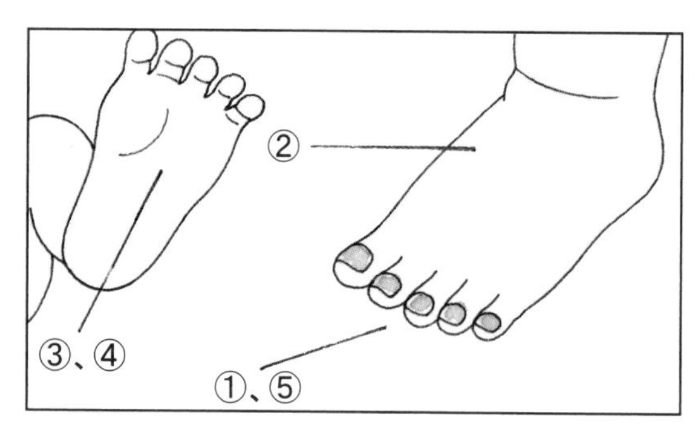

第四課(だいよんか)　これは何(なん)ですか？　這是什麼？

學習重點▶學習簡單的發問法與肯定回答、否定回答的表達方式。

72.MP3

一、會話練習：

句型 1

A：これは何(なん)ですか。

B：これは本(ほん)です。

A：這是什麼？
B：這是書。

句型 2

A：これは鍵(かぎ)ですか。

（肯定）B：はい、そうです。それは鍵(かぎ)です。

（否定）B：いいえ、そうではありません。(いいえ、ちがいます。)
それは鍵(かぎ)ではありません。

A：這是鑰匙嗎？
B：（肯定）是的，那是鑰匙。
（否定）不，不是的（不，不對），那不是鑰匙。

句型 3

A：これは鉛筆(えんぴつ)ですか。
ボールペンですか。

B：それはボールペンです。

A：這是鉛筆還是原子筆？
B：那是原子筆。

第五課　日本料理はおいしいですか。

日本料理好吃嗎？

▶學習形容詞與形容動詞的念法及否定形與相反詞的表現法。

一、會話練習：

73.MP3

句型 1

A：日本料理はおいしいですか。

（肯定）B：はい、おいしいですよ。

（否定）B：いいえ、おいしくありません。

A：日本料理好吃嗎？

B：（肯定）是的，很好吃。

（否定）不，不太好吃。

❥形容詞的否定型：

日文的形容詞否定形是「～く＋ありません」或是「～く＋ない」。

例如：「高い」（很高）的否定形即是「高くありません」（較有禮貌）或是「高くない」（不太高）。

句型 2

A：あなたは日本語が上手ですか。

（肯定）B：はい、わたしは日本語が上手です。

（否定）B：いいえ、上手ではありません。

A：你的日文很好嗎？

B：（肯定）是的，我的日文很好。

（否定）不，不太好。

❥形容動詞的否定型：

日文的形容動詞的否定形是「～ではありません」、「～ではない」或是「～じゃない」。

例如：「好き」（很喜歡）的否定形即是「好きではありません」（較有禮貌）、「好きではない」或是「好きじゃない」（不太喜歡）。

二、形容詞的相反表現法：

以下是你一定要會的形容詞相反用語，請反覆練習，一定要記住喔！

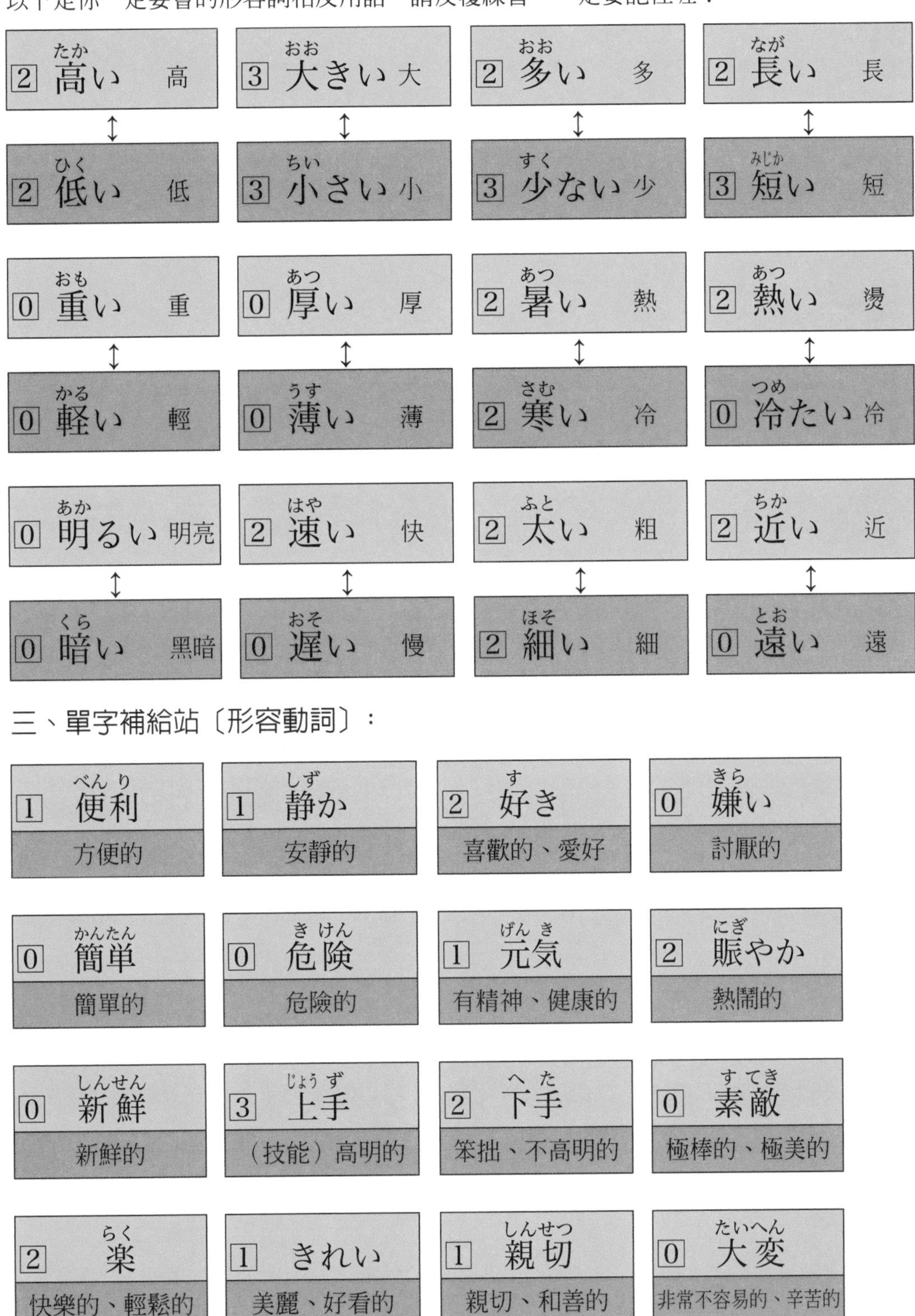

形容詞	中文	↕	相反形容詞	中文
2 高い（たかい）	高	↕	2 低い（ひくい）	低
3 大きい（おおきい）	大	↕	3 小さい（ちいさい）	小
2 多い（おおい）	多	↕	3 少ない（すくない）	少
2 長い（ながい）	長	↕	3 短い（みじかい）	短
0 重い（おもい）	重	↕	0 軽い（かるい）	輕
0 厚い（あつい）	厚	↕	0 薄い（うすい）	薄
2 暑い（あつい）	熱	↕	2 寒い（さむい）	冷
2 熱い（あつい）	燙	↕	0 冷たい（つめたい）	冷
0 明るい（あかるい）	明亮	↕	0 暗い（くらい）	黑暗
2 速い（はやい）	快	↕	0 遅い（おそい）	慢
2 太い（ふとい）	粗	↕	2 細い（ほそい）	細
2 近い（ちかい）	近	↕	0 遠い（とおい）	遠

三、單字補給站〔形容動詞〕：

單字	中文
1 便利（べんり）	方便的
1 静か（しずか）	安靜的
2 好き（すき）	喜歡的、愛好
0 嫌い（きらい）	討厭的
0 簡単（かんたん）	簡單的
0 危険（きけん）	危險的
1 元気（げんき）	有精神、健康的
2 賑やか（にぎやか）	熱鬧的
0 新鮮（しんせん）	新鮮的
3 上手（じょうず）	（技能）高明的
2 下手（へた）	笨拙、不高明的
0 素敵（すてき）	極棒的、極美的
2 楽（らく）	快樂的、輕鬆的
1 きれい	美麗、好看的
1 親切（しんせつ）	親切、和善的
0 大変（たいへん）	非常不容易的、辛苦的

Part 3 ▸▸▸ 習題解答篇

第110-115頁之50音綜合練習篇

一、連連看：

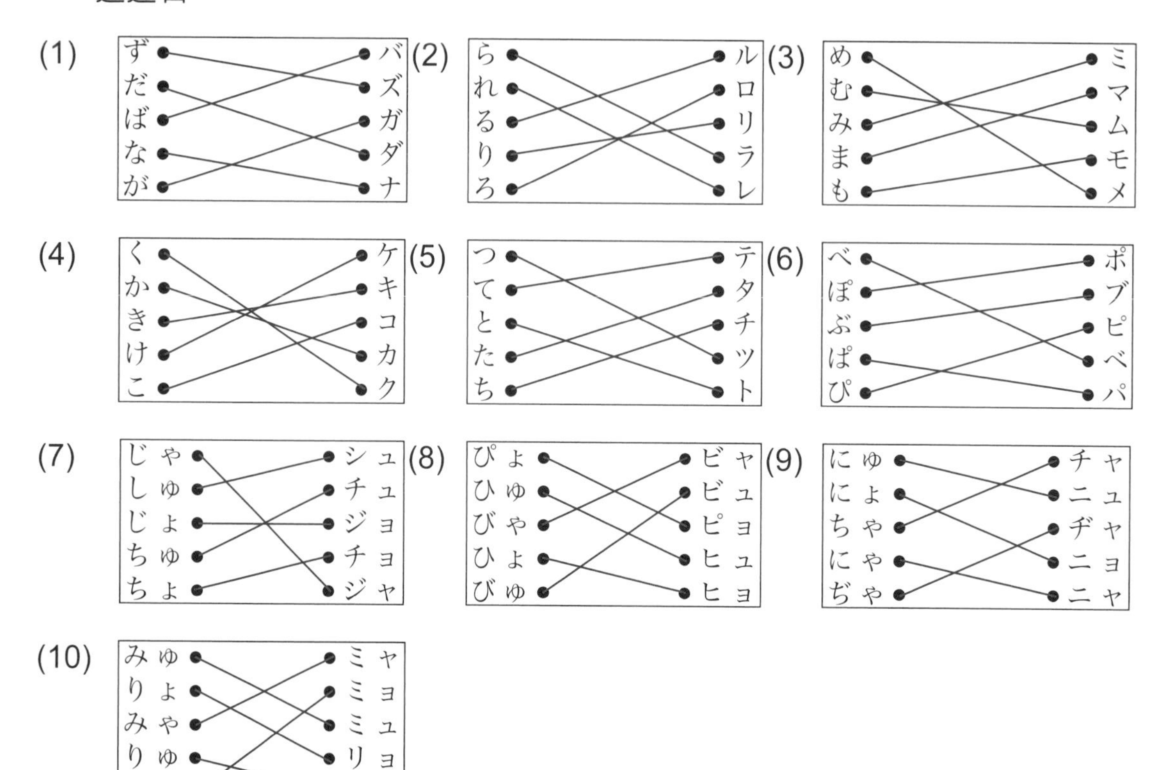

二、單字記憶大考驗：

(1) デパート
(2) きりん
(3) ドーナツ
(4) クーラー
(5) ケーキ
(6) さくら
(7) ミルク
(8) セーター
(9) てんき
(10) ドラマ
(11) ほし
(12) まど
(13) おすし
(14) ゆうえんち
(15) りんご
(16) しんぶん
(17) がっこう
(18) ギター
(19) ざっし
(20) だいどころ
(21) バナナ
(22) きっぷ
(23) にんぎょう
(24) じんじゃ
(25) ティッシュ
(26) こんにゃく
(27) じひょう
(28) りょこう
(29) カーテン
(30) ソーセージ
(31) トイレ
(32) ヨーグルト
(33) ワイン
(34) プレゼント
(35) こづつみ
(36) ラベンダー
(37) ピアノ
(38) ぎゅうにゅう

三、選擇練習：

(1) **b.** つめ　(2) **b.** ナイフ　(3) **a.** みぎ

(4) **b.** ゆき　(5) **a.** わに　(6) **a.** ぎんか

(7) **a.** ガーデン　(8) **b.** グリーンピース　(9) **a.** キッズ

(10) **a.** ドラマ　(11) **a.** ぶどう

四、文字接龍：

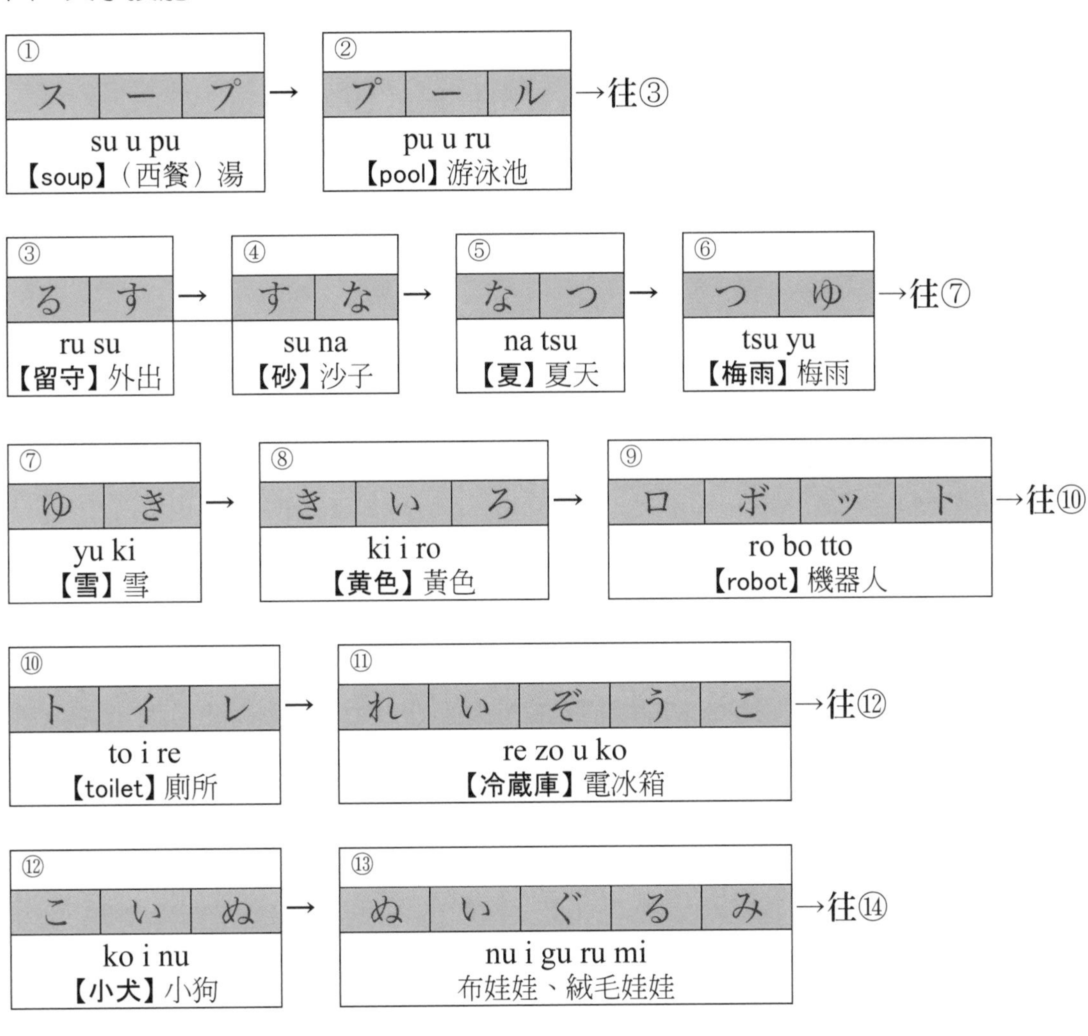

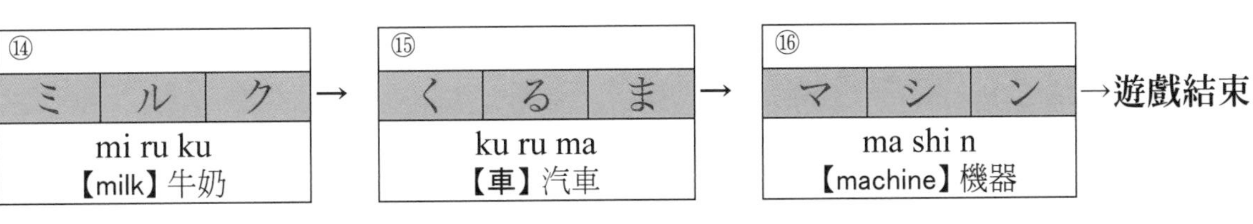

台灣廣廈 國際出版集團
Taiwan Mansion International Group

國家圖書館出版品預行編目（CIP）資料

我的第一本日語50音(QR碼行動學習版)/國際語言中心委員會著. --
修訂一版. -- 新北市 : 國際學村出版社, 2024.08
面；　公分

ISBN 978-986-454-371-7(平裝)
1.CST: 日語 2.CST: 語音 3.CST: 假名

803.1134　　　113009544

國際學村

我的第一本日語50音(QR碼行動學習版)

作　　者／國際語言中心委員會
編輯中心編輯長／伍峻宏・編輯／王文強
封面設計／陳沛涓・內頁排版／東豪印刷事業有限公司
製版・印刷・裝訂／東豪・弼聖・紘億・秉成

行企研發中心總監／陳冠蒨
媒體公關組／陳柔彣
綜合業務組／何欣穎
線上學習中心總監／陳冠蒨
數位營運組／顏佑婷
企製開發組／江季珊、張哲剛

發 行 人／江媛珍
法律顧問／第一國際法律事務所 余淑杏律師・北辰著作權事務所 蕭雄淋律師
出　　版／國際學村
發　　行／台灣廣廈有聲圖書有限公司
地址：新北市235中和區中山路二段359巷7號2樓
電話：（886）2-2225-5777・傳真：（886）2-2225-8052
讀者服務信箱／cs@booknews.com.tw

代理印務・全球總經銷／知遠文化事業有限公司
地址：新北市222深坑區北深路三段155巷25號5樓
電話：（886）2-2664-8800・傳真：（886）2-2664-8801
郵政劃撥／劃撥帳號：18836722
劃撥戶名：知遠文化事業有限公司（※單次購書金額未達1000元，請另付70元郵資。）

■出版日期：2024年08月
ISBN：978-986-454-371-7